KB078342

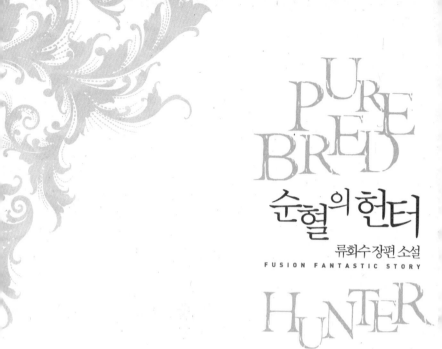

PURE BRED

순혈의 헌터

류화수 장편 소설

FUSION FANTASTIC STORY

HUNTER

순혈의 헌터 5

류화수 장편 소설

초판 1쇄 찍은 날 § 2015년 9월 23일
초판 1쇄 펴낸 날 § 2015년 10월 2일

지은이 § 류화수
펴낸이 § 서경석

편집책임 § 이창진

펴낸곳 § 도서출판 청어람
등록번호 § 제387-1999-000006호
등록일자 § 1999. 5. 31
어람번호 § 제1-2242호

주소 § 경기도 부천시 원미구 부일로 483번길 40 서경B/D 3F (우) 420-822
전화 § 032-656-4452 팩스 § 032-656-4453
http://www.chungeoram.com
E-mail § chungeorambook@daum.net

ⓒ 류화수, 2015

ISBN 979-11-04-90429-5 04810
ISBN 979-11-04-90328-1 (세트)

PURE
BRED

순혈의 헌터

⑤

류화수 장편 소설

FUSION FANTASTIC STORY

HUNTER

도서출판 청어람

CONTENTS

제1장
블라디미르

PURE
BRED
HUNTER

아직도 후끈한 살 내음이 천막 안을 감돌고 있다.

먼 거리를 이동하며 침대까지 챙겨 왔는지 땀에 젖은 한 사내가 침대에 지쳐 쓰러져 있었다. 하긴 연속으로 세 번이나 한다면 누구라도 저런 자세를 하고 있을 것이다.

은빛 머리를 가진 그는 이렇게 잔인한 전쟁을 벌인 사람이라고는 믿기지 않을 정도로 왜소했다. 여자라고 생각해도 될 정도로 가는 몸을 가지고 있었다.

나는 은신을 극도로 펼친 채 그의 옆으로 다가갔다.

무방비한 상태로 누워 있는 그를 암살할 기회가 아닐까?

그의 코앞까지 다가갔는데도 그는 여전히 눈이 풀린 채 누위 있었다.

조심스레 기운을 끌어 올렸다.

그가 눈치채지 못하게 끝내야 한다.

손을 들어 올렸다.

이제 그의 목이 손에 닿을 듯한 거리다.

이제 힘을 살짝만 주면 그의 연약한 목이 꺾일 것이다.

"멈추는 게 좋을 것이다."

그의 말에 놀라 손이 멈춘 것인가?

아니었다. 손이 내 명령을 듣지 않고 있었다. 그의 목에 닿은 손이 앞으로 나가지 못하고 멈추었다.

"어떻게 인간이 몬스터의 말을 하는 거지?"

내가 그의 말을 알아들을 수 있었던 이유는 그가 러시아어를 한 것이 아니라 몬스터가 사용하는 언어를 사용했기 때문이다.

그가 어떻게 나와 같은 능력을 가지고 있는 걸까?

"너도 하는 걸 내가 못 할 이유는 없잖아? 왜, 너만 특별하다고 생각했나?"

여전히 손은 꼼짝도 하지 않고 움직이지 않았다.

"일단 손부터 풀어주는 게 어때?"

"왜? 이번에는 전속력으로 공격해 들어오려고? 뭐 그러든지."

그는 내 손을 막고 있던 기운을 해제했다. 이제야 내 명령을 듣는 손을 몸으로 끌어당겼다.

"도대체 목적이 뭐냐. 이런 무의미한 전쟁을 벌인 이유가. 그리고 너의 능력의 정체가 뭐냐."

"이거 남의 막사를 함부로 쳐들어온 사람치고는 너무 당당하군. 뭐 알려달라면 못 알려줄 이유는 없지. 먼저 이 전쟁을 벌인 이유를 설명해 주지. 강해지기 위해서다. 죽음은 나의 힘을 강하게 해주지. 많은 사람이 죽어갈 일이 전쟁 말고는 없잖아? 그러니 전쟁을 벌여야지."

죽음이 힘을 강하게 한다? 악마가 인간의 영혼을 수집한다는 전설은 들었지만 그런 능력을 가진 사람이 있다는 말은 들어본 적이 없다.

"악마의 능력이라도 가진 건가?"

"악마의 능력? 악마를 실제로 본 적이 있나? 난 아직 악마를 본 적이 없어서 악마가 있는지 잘 모르겠군. 하지만 천사를 본 적은 있지. 천사가 나에게 이 능력을 주었다.

"어떤 천사가 사람이 죽어나가는 걸 원한다는 말이냐!"

"천사를 만나본 적이 있나? 난 만나보았다. 천사가 원하는 것은 이 땅을 정화시키는 것이다. 인간은 지구를 더럽히는 부정한 존재지. 악마와 가까운 존재는 몬스터가 아니라 인간이다. 그런 인간을 정화시킬 목적을 내가 이어받았지. 나는 이 능력을 준 천사의 부탁을 받아 인간을 멸망시킬 계획이다."

타락한 천사라도 만난 건가? 내가 생각하고 있는 천사와 그가 생각하는 천사의 개념이 많이 달랐다.

"천사를 진짜 만나봤단 말인가? 어디서?"

"질문이 많은 방문자군. 그래도 대답을 해주지. 오랜만에 대화할 상대를 만났으니."

그는 침대에서 몸을 일으켜 세웠다.

실오라기 하나 걸치지 않고 있던 그는 침대보를 대충 몸에 두르고는 의자에 앉았다.

"너도 각성자이니 몬스터 월드로 사냥을 간 적이 있겠지. 사냥에 실패한 헌터가 어떻게 되는지도 알겠지. 사냥에 실패했을 때 육체 능력이나 공격 능력에 특화되어 있는 각성자들은 몬스터를 피해 도어로 도망을 간다. 하지만 나 같은 정신계 각성자는 버려지게 되지. 아무리 다른 능력 각성자보다 귀한 정신계 능력자지만 죽음의 위기 앞에서는 그런 것은 중요하지 않지. 나는 몬스터 가운데에 버려졌고 두 눈을 부릅뜨고 사지를 몬스터에게 뜯어 먹혔지. 그런 나를 구해준 존재가 천사다. 자신이 몬스터 월드를 정화시킨 존재의 11명의 제자 중 하나라고 했다. 그와 많은 대화를 나누었다. 몬스터 도어가 생기게 된 이유에 대해서 들었고 그들이 왜 몬스터 도어를 만들었고 지금 왜 다시 몬스터 범람이 생기게 된 건지에 대해서도 들었다."

11명의 제자가 깨어났을 수도 있다는 말을 루카라스에게 들었지만 직접 11명의 제자 중 하나를 만난 사람이 지금 내

눈앞에 있다.

순식간에 수십 가지의 질문이 머릿속에 떠올랐다.

"몬스터 월드의 몬스터가 서로에게 친화력이 생겨 공격을 하지 않게 되었고 그 결과 과포화 상태가 돼서 도어가 생겼다고 알고 있다. 이미 몬스터 월드는 안정기에 들어섰는데 왜 다시 몬스터 범람이 일어나게 된 거지?"

내가 어느 정도 알고 있다는 것을 그에게 말했다.

자신만 알고 있는 내용을 내가 알고 있다는 사실을 알게 되면 그가 더 자세한 내용을 말해줄 것 같았다.

"그 사실을 아는 사람이 나 말고 또 있을 줄은 몰랐는데. 대화가 통할 것 같다는 생각이 틀리지 않았어. 다시 몬스터 범람이 일어난 이유에 대해서 말해주지. 11명의 제자는 과포화 상태가 된 몬스터 월드의 안정이 필요하다고 생각해 도어를 열었다. 여기까지는 아무런 문제가 없었지. 하지만 몬스터 월드가 안정기에 빠져들자 다른 생각을 하게 되는 제자들이 생겨났지. 그분이 원했던 세상을 우리가 방해하는 것은 아닐까? 이런 생각을 가장 강하게 했던 제자가 나를 구해주었던 천사다. 도어를 만들어내면서 기운을 모두 소진해서 동면에 빠져든 그는 기운을 다 찾기도 전에 다른 제자들보다 빨리 깨어났다. 그러고는 나를 만났지."

"……"

"그는 인간들이 살고 있는 우리 세계와 몬스터 월드를 유기적으로 사용하면 그분이 원하는 세상과 몬스터 월드의 안정성을 동시에 실현할 수 있다고 생각했고 나에게 자신의 힘 일부를 전이시켜 주었다. 그는 가장 그분을 존경하고 따랐던 제자였기에 그분을 봉인한 것에 대해 죄책감을 가지고 있었지. 하지만 몬스터 월드에 대한 문제가 사라진다면 그분을 봉인할 이유가 사라지는 거지. 나도 딱히 인간을 멸망시키고 싶은 생각은 없었지만 복수는 해봐야 되지 않겠어? 나를 버린 인간들에게. 그리고 인간을 죽일수록 강해지는데 안 할 이유가 없잖아."

"몬스터를 위해 인간을 멸망시킨다는 것이 옳다고 생각하는 거냐? 너도 인간이다. 너를 낳아주신 부모님도 인간이고 너와 같이 살을 맞댄 여자도 인간이다. 어떻게 인간을 멸망시킨다는 말을 그렇게 쉽게 한단 말이냐."

"너도 인간 같지 않은 능력을 가지고 있는 것 같은데 아직도 이전의 마음을 가지고 있는 건가? 신기하군. 나와 손을 잡지 않겠나? 내가 이 세계의 왕이 된다고 해도 혼자 지배를 하기에는 너무 넓다. 나와 함께한다면 충분한 영토를 너에게 주겠다."

그는 나의 기운을 감지하고 있다. 물론 내가 의도적으로 약간 기운을 흘리기는 했지만 내 기운을 감지했다는 것은 그가 나보다 기운이 강하다는 뜻이기도 했다. 특히 지금은 밤이다.

"왜 이런 제안을 하는 거지?"

"처음 너의 기운을 느꼈을 때 나는 너의 정신을 조종하려고 했었다. 하지만 고작 손 하나만을 멈출 수 있었지. 물론 완전히 힘을 다 쓰지는 않았지만 나의 능력에 반발하는 사람은 처음이다. 너는 충분히 인정받을 자격이 있다."

나에게 정신계 능력에 대한 저항력이 있었던가?

드래곤의 목걸이. 이 목걸이의 마법 저항력이 정신계 능력을 방어한 것 같았다. 그는 내가 자신의 능력을 방어할 능력이 있다고 착각하고 있는 것 같다. 목걸이의 저항력이 다한 지금 나는 그의 기운을 방어할 방법이 없었다.

"이만 나가봐라. 마음을 정하면 언제든지 찾아오고."

블라디미르는 나를 신경도 쓰지 않고 침대에 누워 잠을 청했고 나는 처음 들어왔을 때처럼 바람에 스며들어 바깥으로 나갔다.

마법에 대한 저항력을 잃은 목걸이는 지금은 텔레포트만 가능한 목걸이로 변해 있었다. 마법 저항력은 시간이 지나면 되돌아올 것이었다.

나는 블라디미르를 피해 마을로 텔레포트를 했다.

나는 마을로 돌아오자 긴장감이 풀려 바닥에 주저앉았다.

이렇게 무기력한 기분을 받은 것은 오랜만이었다.

특히 밤에 이런 긴장감을 가진 것은 드래곤을 만났을 때를 제외하면 처음이었다.

내가 그를 만나 할 수 있었던 건 간신히 그의 기운을 잠시 훔쳐본 정도였다.

그는 11명의 제자 중 한 명의 기운을 전이받았다고 했다.

아마 그 능력이 몬스터를 조종하는 것이고 사람이 죽으면서 내뿜는 기운을 흡수하여 힘을 키우는 것 같았다.

그를 상대할 방법이 있을까? 그와 상대할 자신이 없다면 그냥 한국에 대한 안전을 보장받고 그와 손을 잡아야 할까? 해답이 무엇인지 알지 못했다.

고민은 해가 떠도 끝이 나지 않았다.

마을 입구에서 주저앉아 머리를 집어 뜯었다.

그런 나의 옆에는 이자벨만이 안쓰러운 표정을 하며 지켜보고 있었다.

해가 완전히 뜨고 나서야 사장이 누군가에게 얘기를 들었는지 나를 찾아왔다.

"왜 그래? 무슨 일인데? 중국에 간 일이 잘 안 되었어?"

블라디미르에 대한 얘기를 해도 될까? 사장에게 말을 한다고 해서 달라질 것은 없었다.

오히려 그들의 의지만 꺾는 말이 될 수도 있었다.

지금 상의를 할 존재는 한 명밖에 생각이 나지 않았다.

"잠시 루카라스 님을 만나고 오겠습니다."

나는 반나절 동안 주저앉아 있던 몸을 일으켜 세우고는 루카라스에게 찾아갔다.

그라면 질문에 대한 해답을 줄 수 있을 것 같았다.

이른 아침부터 자신을 찾아온 나의 기운에 루카라스는 인상을 찌푸리며 나에게 다가왔다.

"무슨 일인가? 기운이 흔들리는군."

정신적으로 충격이 너무 컸기에 기운이 제대로 통제되지 않았었다.

"11명의 제자 중 한 명의 기운을 전이받은 인간이 있습니다. 그 인간이 인간 세계를 멸망시키려고 합니다. 그는 그것이 그분의 봉인을 푸는 방법이라고 생각하고 있습니다. 그의 능력에 정신을 뺏길 뻔했습니다. 제가 어떻게 해야 될까요?"

그와 있었던 일들을 하나도 빠짐없이 루카라스에게 설명하는 동안 그는 담담한 표정을 유지했다.

"너는 그와 손을 잡고 싶은 건가? 그것으로 충분하다면 그렇게 하는 것도 나쁘지 않다."

무미건조한 루카라스의 말에 나도 모르게 화가 치밀어 올랐다.

"아니, 저도 인간입니다. 어떻게 인간이 인간을 멸망시키는 일에 동참을 할 수 있단 말입니까."

"그러면 어떻게 할 생각인가? 그와 맞서 싸워 목숨을 버릴 생각이냐? 그것도 나쁘지 않은 선택이긴 하지. 자살 방법은 여러 가지니까."

"자살을 하고 싶은 생각은 없습니다. 그리고 인간을 멸망시킬 생각도 없습니다."

"욕심이 많군. 너도 해답을 알고 있지 않은가? 왜 나에게 확답을 받으려고 하는지 모르겠다. 강해지면 되지 않느냐. 그의 공격에 저항할 수 있는 능력을 가지게 되면 그와 손을 잡지 않아도 되고 그에게 목숨을 잃을 일도 없다는 걸 너도 잘 알고 있지 않은가."

"그렇지만 방법이 없지 않습니까."

"왜 방법이 없다고 생각하는지 모르겠다. 정신계 마법에 특화된 존재에게 수련을 받는다면 충분히 그의 공격을 막아낼 수 있지 않겠는가? 아니면 그가 기운을 일으킬 틈도 주지 않고 공격을 성공시킬 능력을 갖추든지 둘 중 하나만 하면 되지 않겠는가."

입으로 뭐를 못하겠는가. 루카라스는 불가능한 일을 너무도 쉽게 말했다.

"불가능하다고 생각하는 건가? 지금의 기운을 갖추는 것도 이전에는 불가능하다고 생각하지 않았던가?"

그의 말이 맞았다. 지금 나의 능력은 인간의 한계를 뛰어넘었다.

이전의 나라면 지금의 능력을 상상도 하지 못했을 것이다.

지레 겁을 먹을 필요는 없다.

부족한 머리를 최대한 굴려야 한다.

생각을 해내야 한다.

내가 그의 능력보다 먼저 공격을 성공시킬 수 있을까?

자연계 몬스터 수백 마리를 흡수한다면 가능할 것도 같았다.

하지만 그럴 시간은 없다.

이미 중국을 거의 잡아먹는 데 성공한 블라디미르가 언제 한국을 향해 이빨을 들이밀지 몰랐다.

그가 유럽 쪽으로 고개를 돌린다고 해도 안심할 수는 없다.

그렇다면 그의 정신계 능력에 방어할 수단을 찾아야 한다.

정신계 능력을 사용하는 사람은 본 적도 드물었다.

특히 대량의 몬스터를 조종하는 각성자는 본 적이 없었다.

"리치!"

"갑자기 왜 리치를 찾는 건가?"

각성자 중에서 몬스터를 조종할 정도로 강한 정신계 능력을 가진 사람은 없었지만 리치는 달랐다.

그는 수십 마리의 몬스터를 가볍게 조종할 정도로 강한 정신계 마법을 사용했었다.

그라면 정신계 마법에 대처할 방법을 알고 있을지도 모른다.

수백 년을 마법에 투자한 그다.

드래곤을 제외하고 가장 마법을 잘 알고 있다고 자신 있게 말했던 그였다.

그가 지내고 있는 드래곤 레어의 위치를 정확히는 몰랐지만 나의 손가락에 끼어져 있는 약속의 인장이 길잡이가 되어줄 것이다.

그라면 나에게 해답을 내어줄 것 같았다.

언제나 그는 해답을 찾아주었다.

최선이 아니라면 차선이라도 찾아서 만들어주었다.

*   *   *

약속의 인장은 상대방의 안위와 위치를 알려주는 능력이 있었다.

반지의 색이 약해지면 상대방이 위험에 처해 있다는 것이었는데 상대의 위치는 반지가 스스로 방향을 잡아주었다.

반지가 이끄는 데로 몇 시간을 날았다.

바람의 기운을 극성으로 끌러 올렸기 때문에 자동차보다 훨씬 빠른 속도로 하늘을 날았다.

이미 부산과 서울을 왕복할 정도의 거리를 이동한 것 같았지만 여전히 끝은 보이지 않았다.

드래곤이 처음 모습을 드러낸 곳이 수원에 있는 몬스터 도어였기에 그곳에서부터 출발했다.

얼마 멀지 않은 거리에 드래곤 레어가 있을 것이라고 생각했지만 오산이었다.

　드레곤 레어 주변에는 어떤 방어막이 쳐져 있는지 몰라도 텔레포트가 불가능했기에 직접 찾아가는 수밖에 없다.

　하루가 지나가고 이틀이 지나갔다.

　점점 인장에서 나는 빛이 강해지고 있다.

　얼마 멀지 않은 곳에 리치가 있는 것이다.

　나는 힘을 짜내어 인장이 이끄는 곳으로 날았다.

　반가운 이가 나를 향해 손을 들어 보이고 있었다.

　해골밖에 남지 않은 그의 모습이 너무나 반가웠다.

　마치 오랜 시간 보지 못했던 부모님을 만나는 기분이었다.

　"어르신. 그간 안녕하셨습니까?"

　"그래 오랜만이구나. 많이 강해졌구나."

　리치는 무뚝뚝하게 말했지만 그 안에 들어 있는 정을 느낄 수 있었다.

　"드레곤의 레어에서 적적하지 않으셨습니까?"

　"적적할 리가 있겠느냐. 실험도 하고 드레곤 레어 정리도 하다 보면 시간이 어떻게 가는 줄 모른단다. 이럴 게 아니라 안으로 들어와서 얘기를 나누자꾸나."

　그는 나를 레어 안으로 데리고 들어왔고 그 안에서 우리는 남은 얘기를 나누었다.

　안부를 묻는 것만으로도 하루가 부족했지만 시간이 많지 않았다.

"지금 인간 세계가 엉망으로 변했습니다."

"몬스터 범람이 다시 일어난 것은 나도 느꼈단다. 하지만 그 정도는 지금의 너라면 충분히 제압할 수 있었을 건데? 다른 문제라도 있는 거냐?"

나는 블라디미르에 대한 이야기를 했다. 특히 그가 가지고 있는 정신계 능력에 대해서 자세하게 말해주었고 그의 대답을 기다렸다.

"흠, 수십만 마리의 몬스터를 조종할 정도로 뛰어난 정신계 능력이라. 상대하기 까다롭겠어. 그 능력이 몬스터에 특화되어 있어 보이기는 하지만 그래도 인간에게도 어느 정도 능력이 미칠 것이 분명하다. 그렇다면 다가가는 것조차 쉬운 일이 아니지."

"그렇습니다. 이미 그의 정신계 능력을 경험해 보았습니다. 손이 움직이지 않았습니다. 이 목걸이가 아니었다면 이미 저는 그의 꼭두각시가 되어 있었을지도 모릅니다."

"정신계 마법에 대응하는 방법은 여러 가지가 있지만 대부분 많은 시간이 필요하다. 하지만 시간이 필요하지 않은 방법이 하나 있지. 따로 수련을 하지 않아도 바로 정신계 능력에 대응할 방법이 말이다."

귀가 쫑긋해졌다. 수련을 할 필요도 없이 정신계 능력에 방어할 방법이 있다는 리치의 말은 너무나도 달콤했고 내 눈과 귀는 이미 그에게 뺏겨 버렸다.

"정신계 능력에 대응하기 위해서는 정신력을 키우는 것이 가장 좋은 방법이다. 산속에 파묻혀 1년이고 10년이고 정신을 가다듬으면 될지도 모르지. 하지만 지금 너에게는 그럴 시간이 없겠지."

"그렇습니다. 하루라도 빨리 돌아가 마을과 사람들을 지켜야 합니다."

"그렇다면 한 가지 방법뿐이다."

리치는 내 목을 가리켰다.

목을 달라는 것인가? 혹시 또 리치가 되라고 권유하는 건가? 아무리 상황이 급박해도 리치가 되고 싶은 마음은 없었기에 급히 목을 손으로 가렸다.

"리치가 되고 싶은 마음은 없습니다."

"누가 리치가 되라고 하더냐. 리치가 되는 것이 그렇게 쉬운 일이 아니다. 지금 같은 상황에서 리치가 되면 오히려 그에게 더 쉽게 조종당하게 될 것이다. 인간보다 몬스터 정신을 조종하는 데 특화되어 있는 능력 같으니 말이다."

"그러면 왜 목을 가리킨 겁니다."

"네 목에 달려 있는 목걸이 덕분에 꼭두각시가 되는 일은 면했다고 했었지. 그러면 그 목걸이보다 더욱 뛰어난 마법 방어 아이템을 구해 들고 다니면 되는 일이지 않느냐."

너무도 쉬운 방법이다. 따로 수련이 필요하지도 않았고 지금의 상황에서 최고의 방법이라고 말할 수 있었다. 나는 첫날

밤을 맞이하는 새색시처럼 얌전하게 리치에게 손을 내밀었다.

그가 이런 말을 꺼냈으니 그에게 그런 마법 아이템이 있다고 생각했고 그가 나에게 그 아이템을 줄 거라고 믿어 의심치 않았다.

"그 손은 뭐냐? 고개는 왜 돌리고?"

"주십시오. 이번만 사용하고 돌려 드리겠습니다."

이번만 쓸지 평생 쓸지는 모르는 일이지만 일단 받고 싶었다.

"없다. 지금 나에게 그런 아이템이 있을 거라고 생각하는 거냐? 네 목걸이를 만든 존재가 드래곤이다. 드래곤보다 내가 더 뛰어난 제작 능력이 있다고 생각하는 거라면 나를 너무 과대평가하는 것 같구나."

예상은 빗나갔다. 나는 손을 내리고 고개를 돌려 다시 그를 바라보았다.

"그러면 이 얘기를 왜 꺼내신 겁니까? 가지고 있지도 않으시면서."

"가지고 있지 않다고 해서 어디에 있는지도 모른다고 생각하는 거냐?"

약간 삐진 리치의 목소리다. 어서 그의 입에서 마법 아이템의 위치를 알아내야 한다.

나는 리치의 기분을 풀어주기 위해 해맑은 미소를 보이며 그의 로브를 털었다.

"아무리 혼자 사신다고 해도 로브에 이렇게 먼지를 묻히시고 사시면 어떡합니까."

그는 가만히 내가 하는 짓을 지켜만 보았고 나는 한참이나 그의 로브에 묻은 먼지를 털어냈다.

"마법 아이템은 멀지 않은 곳에 있다."

"어디에 있습니까?"

드디어 리치의 입이 열렸다. 곧 마법 아이템의 위치를 알게 될 것이다. 나의 귀는 이미 그의 입 앞에 다가가 있었다.

"악룡 칼리마스에 대한 얘기를 들어본 적이 있느냐?"

악룡 칼리마스? 익숙한 이름이다. 누군가가 나에게 자랑스럽게 말한 무용담 중에 그 이름이 있었다. 드워프 족장이 마을 앞에 세워진 석상을 보며 했던 말이다. 자신의 조상 중 한 분이 악룡 칼리마스를 죽이는 드래곤 슬레이어 중 한 명이라고 했던 기억이 났다.

"알고 있습니다. 하지만 여러 종족이 힘을 합쳐 악룡 칼리마스를 죽였지 않습니까? 그의 레어에 마법 아이템이 있는 겁니까?"

"칼리마스는 보물이나 마법 아이템에 관심이 없는 희귀 드래곤이다. 그의 레어에는 수백 종류의 시체들만 가득할 뿐이다."

"그러면 갑자기 왜 악룡 칼리마스 얘기를 꺼낸 겁니까."

"악룡 칼리마스는 네 말대로 여러 종족의 영웅들이 힘을 합쳐 드래곤 하트를 부수었지. 드워프의 영웅과 하이엘프의 마지막 희망 그리고 변종 드래고니안이 그 드래곤을 죽였지. 그중 마법으로 유명한 존재가 하이엘프다. 그가 생전 사용했던 아이템 중에는 세계수의 정기를 받은 팔찌가 있지. 그 팔찌가 없었다면 드래곤 슬레이어가 되지 못했을 거야. 악룡 칼리마스는 전투 마법뿐만 아니라 정신계 마법에도 일가견이 있었다."

전설 같은 얘기는 자기 전에 자장가로 들으면 충분했다. 지금 내가 알고 싶은 건 그 팔찌의 행방이었다.

"그래서 팔찌는 지금 어디에 있습니까?"

"엘프의 전설이 생전 사용했던 도구를 어디에 두었을 것 같으냐?"

"엘프 마을에 박물관이라도 세워서 보관하고 있는 겁니까?"

"엘프가 박물관을 세울 이유가 어디에 있겠느냐. 그의 무덤에 같이 묻혔다고 알고 있다."

아무리 물욕이 없는 엘프라고 해도 그런 마법 아이템을 무덤에 묻어버리다니.

꼼짝없이 팔자에도 없는 도굴꾼이 되어야 할 판이다.

그래도 그 팔찌만 가지게 된다면 도굴꾼이라는 오명을 덮어써도 남는 장사다.

"그 하이엘프의 무덤이 어디에 있습니까?"

"이곳에서 그다지 멀지 않은 곳에 엘프의 마을이 있다. 보통 엘프들은 죽음을 맞이하면 자연으로 돌아간다. 하지만 엘프들은 그를 그렇게 자연에 버릴 수 없었기에 세계수 옆에 묻었다고 알고 있다."

"그러면 그 엘프 마을에 어디에 위치하고 있는지 알려주십시오. 제가 당장 팔찌를 가지고 오겠습니다."

"엘프의 마을에 쉽게 접근할 수 있을 거라고 생각하느냐? 그들은 뛰어난 전사이며 자연의 보호를 받고 있는 존재들이다. 만약 그들과 싸울 생각이라면 그냥 그 정신계 능력을 쓰는 놈과 싸우는 것이 더 살아남을 가능성이 높겠다."

엘프를 실제로 본 적은 없다. 그들이 정령을 사용하고 마법을 쓴다는 얘기는 들어보았지만 그렇게 강한 존재라고는 한 번도 생각해 본 적이 없었다.

"엘프 개개인의 힘은 너보다 약할지도 모르지만 세계수가 있는 영역에서 그들은 강해진다. 30명의 엘프면 너를 충분히 상대할 수 있을 것 같군."

"그러면 다른 방법이 있습니까?"

"다른 방법? 혹시 친한 엘프라도 있느냐?"

생전 엘프를 본 적도 없는 내가 어떻게 친한 엘프가 있을 수 있겠는가.

"없습니다. 친한 엘프는 물론이고 아는 엘프도 없습니다."

"그러면 한 가지 방법뿐이겠군."

"어떤 방법 말씀이십니까?"

"도둑질. 네놈이 잘하는 땅파기를 해서 내 라이프 베슬을 훔쳤던 것처럼 팔찌를 빼내 오면 되겠구나. 하지만 쉽지 않을 것이다. 엘프는 기운 감지에 특화된 종족이다."

도둑질도 힘들다, 힘으로 뺏어 오기도 힘들다고 하는 리치의 말에 나는 결정을 내릴 수가 없었다. 걸리면 죽을지도 모르는 도둑질을 해야 하는 건가?

"일단 엘프 마을의 위치를 알려주기는 할 테니 한번 다녀와 보거라."

그는 하늘로 날아올랐고 나도 그의 뒤를 따라 하늘로 날아올랐다.

"저 강을 따라가다 보면 밀림 지역이 나온다. 그곳에서 가장 큰 나무가 있는 곳이 엘프의 마을이다. 그 나무는 세계수이고."

"알겠습니다. 그러면 다녀오겠습니다."

강을 따라 내려갔다. 한참이나 강을 따라 내려가자 리치의 말대로 밀림 지역의 모습을 찾을 수 있었다.

나는 삼림욕을 싫어하지는 않는다. 삼림욕을 하면 나무가 뿜어내는 플러스 에너지에 몸이 씻겨 나가는 느낌을 받아서 삼림욕을 좋아하는 편이다. 하지만 지금 보이는 밀림은 그런 삼림욕을 하기에 적합해 보이지 않았다.

너무도 빽빽이 자리를 잡고 있는 나무와 수풀들이 보기만 해도 답답함을 가지게 해주었다.

바람의 기운을 몸에 두르고 수풀을 헤쳐 나갔다.

나무들은 바람의 막에 밀려 자리를 내주었고 나는 길을 만들어내며 수풀 안으로 들어갔다.

낮인지 밤인지도 헷갈릴 정도로 나무들이 하늘을 가렸고 빛이 보이지 않았다.

이런 곳에서 세계수를 찾는 것이 쉬운 일은 아니다.

분명 세계수라고 불릴 정도의 나무라면 뿜어내는 기운도 남다를 것이다.

자리에 서서 눈을 감고 기운에 집중했다.

나무들이 뿜어내는 기운에 감지력이 많이 떨어졌기에 움직이면서 세계수의 기운을 감지하기는 힘들었다.

눈을 감고 한참이나 집중하자 청록색의 기운이 느껴졌다.

"멀지 않은 곳에 세계수가 있다!"

이렇게 강한 생명의 기운을 뿜어내는 나무라면 충분히 세계수라고 불릴 자격이 있다.

다시 눈을 뜨고 바람의 기운으로 길을 만들어내며 세계수가 있는 곳으로 이동했다.

쉬잇 푹.

바람의 막이 흔들렸다.

단순히 바람의 기운을 끌어 올려 만든 막이긴 하지만 웬만한 공격에는 흠집도 가지 않았었던 바람의 막이 크게 흔들렸고 바람의 막 가운데에는 큼직한 화살 하나가 박혀 있었다.

"누구냐!'

나의 외침에 대답 대신 수십 발의 화살이 날아들어 왔다.

바람의 기운만으로는 화살들을 다 막을 수 없었기에 흙으로 장벽을 만들어 몸을 보호했다.

쇠의 기운을 섞었기에 어떤 화살도 장벽을 뚫지 못하고 있었다.

내 주변으로 기운들이 모여든다.

엘프들이 다가오는 것이다.

나는 조심스레 얼굴 부근의 흙을 치워 시야를 확보했다.

처음 보는 상대와 얼굴을 보고 인사는 해야 되지 않겠는가.

"나가라. 여기는 인간이 들어올 수 있는 곳이 아니다."

그래도 나를 인간으로 봐주는 엘프들이다. 흙에서 얼굴만 내민 나를 인간 취급해 주는 그들의 말이 고마워 흙을 다시 땅으로 돌려보냈다.

"아무리 그래도 그렇지 처음 보는 사람한테 화살을 날리는 것은 좀 심하지 않습니까."

"긴말을 하고 싶지 않다. 나가라."

"이렇게 먼 오지까지 찾아온 사람 성의를 봐서라도 얘기는 나눠봐야 하지 않겠습니까?'

"인간과 대화를 하고 싶은 생각은 없다. 나가라. 나가지 않는다면 다시 공격을 하겠다."

예쁜 얼굴과 건강한 육체를 가진 엘프답지 않게 너무도 호전적이었다.

착하고 자연을 사랑하는 엘프라고 누가 그랬단 말인가.

저들은 말이 통하지 않는 외골수들이다.

지체 없이 나를 향해 화살이 날아왔고 나는 다시 급히 흙의 장벽을 만들어 몸을 보호했다.

여전히 화살들은 장벽을 뚫지 못했고 튕겨 나갔다.

'이 정도 공격을 하는 엘프들이라면 한번 싸워볼 만하겠는데.'

엘프들을 만만하게 생각한 것을 알기라도 하는지 엄청난 기운을 가진 화살이 날아들었고 흙의 장벽에 금이 가기 시작했다.

한 번 더 흙의 장벽을 향해 화살이 날아오는 것을 본 나는 얼른 장벽에서 몸을 빼내어 공격을 피했다.

강한 기운을 담은 화살을 날린 이는 은색 머릿결을 날리는 아름다운 여성이었다.

*   *   *

자신의 머리카락으로 만들었는지 활의 줄은 은빛을 띠고 있었고 거기서 쏟아져 나오는 화살의 힘은 바위는 물론이고 산도 뚫을 기세를 가지고 있었다.

나는 화살통에 있는 화살이 다 떨어질 때까지 화살을 피해 바닥을 구르고 땅속으로 몸을 숨기고 하늘로 날아올랐다.

화살통에 화살이 떨어진 것을 확인하고는 다시 내려왔다.

"대화 좀 합시다. 제가 나쁜 짓을 한 것도 아니고 이렇게 공격받을 이유는 없다고 생각합니다."

동굴이라는 나쁜 짓을 할 계획이긴 하지만 아직 하지는 않았기에 나는 당당하게 말할 수 있었다. 엘프들은 은색 머릿결을 가진 그녀의 명령을 기다리며 활을 나에게 조준하고 있었다.

"공격 중지하세요."

그녀의 목소리도 외모와 어울렸다. 공기방울이 터져 나가는 것 같은 그녀의 목소리에 다른 엘프들이 활을 내려놓았다.

"인간이 왜 엘프의 영역에 들어온 거죠? 인간이 이곳에 발을 들인 적은 처음이네요."

일단은 대화로 풀어나가고 싶었다. 굳이 도굴꾼이 되지 않고 팔찌를 받아낸다면 가장 좋은 상황이다.

"저 그렇게 나쁜 사람 아닙니다. 혹시 드워프들하고 친하세요?"

호감도를 상승하기 위해 드워프라는 카드를 꺼내 들었다. 드래곤 슬레이어라는 같은 영웅을 가지고 있는 드워프와 엘프였기에 그들이 서로에게 가지는 감정이 나쁘지 않을 거라는 생각에서 였다.

"땅속에서 처박혀 사는 종족은 모릅니다. 아니, 알고 싶지 않습니다."

여효과였다. 아니, 드워프들은 평소 행실을 어떻게 했기에 엘프에게 이런 대접을 받고 있는 거야. 그녀가 화살을 재장전하기 전에 다른 카드를 꺼내야 한다. 내가 가진 최강의 카드라면 그녀의 손을 멈추게 할 수 있을 것 같았다.

"그러면 네르키스 님을 알고 계신가요?"

지금까지 내가 만난 모든 종족이 네르키스를 알고 있었을 정도로 그 드래곤의 친화력은 엄청났다. 이 카드라면 통할 것이 분명하다.

"인간이 어떻게 네르키스 님을 아는 거죠? 그분은 우리 종족을 몇백 년 동안 수호해 주신 드래곤입니다. 그분과 어떤 관계인 겁니까?"

통했다. 역시 네르키스의 친화력은 나를 실망시키지 않았다.

"저도 네르키스 님의 보호를 받고 있는 사람입니다."

목걸이를 받은 것일 뿐이지만 목걸이가 나를 보호해 주고 있는 것은 사실이었기에 과장은 섞였어도 거짓은 아니었다.

얼른 목걸이와 반지를 그녀에게 보여주었다. 그녀의 눈에서 적개심이 조금 사라졌다.

확실히 네르키스 카드는 스켈레톤 키였다.

"이제 대화를 해도 되겠죠?"

여전히 활을 잡고 있는 그녀의 손에 집중하며 엘프들을 향해 한 발 다가갔다.

"멈추세요. 아무리 네르키스 님과 관련이 있는 사람이라고 해도 이곳은 인간이 들어오지 못하는 곳입니다."

그녀의 말을 못 들은 척하며 은근슬쩍 엘프들에게 다가갔다.

"한 걸음만 더 다가오면 공격하겠습니다."

활을 들어 올리는 그녀였기에 나는 걸음을 멈추고 대화를 시도하기로 했다.

"혹시 엘프들에게 필요한 물건이 있으십니까? 식량이라든지 아니면 무기라든지. 필요한 것이 있으면 말만 해주세요. 제가 도와드리겠습니다."

"저희가 인간에게 필요한 물건은 없습니다. 이만 물러가주세요."

"그러면 드워프제 무기는 필요하지 않습니까?"

"저희가 사용하는 무기는 저희 스스로 만듭니다. 드워프가 만든 무기는 줘도 쓰지 않습니다. 가세요."

완벽한 철벽을 치는 그녀를 뚫기 쉬워 보이지는 않았다.

그래도 이대로 돌아가기에는 너무 아쉬웠고 말이라도 꺼내보고 싶었다.

"혹시 하이엘프의 팔찌를 제가 잠시 사용할 수 있을까요? 지금 인간을 멸망시키려는 존재가 있습니다. 악룡과도 같은

놈입니다. 그를 잡기 위해서는 팔찌가 필요합니다."

나는 최대한 불쌍한 표정을 지으며 블라디미르를 악룡에 대입하며 동질감을 형성하려고 했다.

"역시 인간이 이곳에 올 이유는 탐욕 때문이군요. 그럴 줄 알았습니다. 네르키스 님의 가호를 받은 인간도 다른 인간과 다르지 않군요. 다시 이곳에 오는 순간 모든 엘프가 당신을 공격할 겁니다. 지금처럼 대화를 하는 것은 마지막입니다."

처음보다 더 싸늘한 얼굴을 하고 있는 엘프에게 더는 말을 꺼내지 못하고 밀림을 벗어나야 했다.

'어쩔 수 없이 도굴꾼이 되어야 한다. 엘프들이 도와주지 않는다. 내가 도굴꾼이 되는 것은 순전히 엘프들 때문이다.'

나는 자기합리화를 하며 밤이 되기만을 기다렸다.

제2장
세계수의 씨앗

밤이 찾아오자 나는 땅속으로 들어가 이동하기 시작했다.

세계수가 있는 곳으로 이동하며 땅굴을 팠다.

세계수가 뿜어내는 기운을 나침반 삼아 이동했기 때문에 땅속이라고 해도 세계수를 찾아가는 것이 어렵지 않았다.

세계수의 뿌리는 밀림의 대부분에 뻗어 있었다.

나는 세계수의 가장 큰 뿌리를 찾았고 그 뿌리를 따라 이동해 세계수가 있는 곳에 도착했다.

이제는 하이엘프의 무덤을 찾아야 했다.

마법 아이템을 찾는 방법을 가지고 있지 않았기에 무작위로 세계수 주변 땅속을 돌아다녔다.

하지만 아무리 뒤져도 동물 시체 말고는 발견하지 못했다.

'엘프 영웅의 무덤이라면 작은 규모로 만들지는 않았을 텐데 이렇게 안 보일 수가 있는 건가?'

지렁이도 아니면서 반나절을 땅을 헤집고 다녔지만 마법 아이템 비슷한 것도 보이지 않았다.

땅속에서 하루 종일 보낸다고 해서 답답하거나 불편하지는 않지만 이대로 땅속에 있는다고 해서 하이엘프의 시체를 찾을 수 있을 거 같지는 않았기 때문에 고개를 내밀고 밖으로 나왔다.

땅속에 무덤이 없다면 다른 곳에 따로 둘 수도 있을 거라는 생각 때문이었다.

"무덤 비슷한 것도 안 보이는데. 도대체 어디에 있는 거야."

"역시 밤고양이가 나타날 줄 알았습니다."

세계수 뒤편에서 수십 개의 인기척이 느껴졌다. 이렇게 가까운 거리에 있는 기운을 내가 느끼지 못했을 리는 없다.

세계수의 힘이 엘프들의 인기척을 숨겨주는 듯했다.

"전원 공격."

수십 발의 화살이 동시에 날아들었다.

장벽을 펼쳐 화살을 막아낼 수 있었지만 살아 돌아가는 것만으로는 만족할 수 없다.

반나절을 땅속을 뒤지고 다닌 게 억울해서라도 하이엘프

의 무덤을 찾아야 한다.

이대로 방어만 한다고 해서 아무것도 달라지지 않는다.

이제는 공격을 해야 한다.

리치의 경고가 생각났지만 나는 기운을 끌어 올리는 것을 멈추지 않았다.

바람의 칼날을 만들어 엘프의 손에 들린 활을 부수기 위해 날렸다.

일반적인 바람의 칼날이 아니라 쇠의 기운으로 코팅까지 완료한 칼날이다.

아무리 세계수의 힘을 빌린 엘프들이라고 해도 쉽게 막아내지 못할 것이다.

5개의 칼날이 정확히 5개의 활을 부수었다.

그래도 그들의 입장에서는 내가 침입자였고 나도 목적이 있었기에 엘프들의 목숨을 노리지는 않았다.

오로지 그들의 무기를 향해 칼날을 날렸고 시간이 지나갈수록 부서진 활이 늘어났다.

"다들 뒤로 비키세요."

은빛 머릿결의 엘프가 활을 들어 올렸다.

이전의 기운과는 사뭇 다른 기운이 화살에 머물러 있었다.

저 화살은 일반적인 장벽으로는 막을 수 없다.

세 가지 기운을 조화시킨 장벽이 필요했다.

나는 급히 물과 흙과 쇠의 기운을 끌어 올려 전방에 장벽을 만들었다.

크기보다 두께를 중시했다.

어두운 밀림 안이 일순간 환해졌다.

누가 마법을 쓴 것 같지는 않았다.

그녀의 화살에서 만들어내는 빛이 밀림을 밝힌 것이다.

쾅!

화살이 장벽을 때렸다.

장벽이 화살의 힘을 견디지 못하고 무너져 내렸다.

하지만 화살도 장벽을 뚫는 것으로 만족하고 바닥으로 떨어졌다.

"보자 보자 하니까 나를 호구로 보는 거냐! 참는 것도 한계가 있어!"

화살을 몸으로 직접 받았다면 죽었을지도 몰랐다. 엘프들에게 최대한 예의를 갖추려고 했던 마음이 일순간에 사라졌다.

빛을 내는 화살이 나를 분노하게 했다. 자연을 사랑하는 엘프를 생각해서 불의 기운을 일부러 사용하지 않고 있었다.

그러나 이제 안전핀을 뽑았다.

밀림을 불바다로 만들 생각이다.

"다 태워 버리겠어."

나는 평소보다 쉽게 흥분했다.

블라디미르에게 집중하기도 바쁜 시간에 활쟁이들이 나의 신경을 긁는다.

참을성의 한계가 쉽게 찾아오기 충분한 이유였다.

불의 기운을 극성으로 끌어 올렸다.

주위에 있던 마른 낙엽들이 벌써 타오르기 시작했다.

작은 불꽃들이 생겨나고 사라지기를 반복하다 점점 불길을 키웠다.

"안 돼! 모두 세계수를 보호해라."

내 몸에서 불의 기운이 새어 나오는 것을 느낀 그녀가 세계수 앞을 지켰고 그 옆에는 다른 엘프들이 세계수를 둘러쌌다.

"나를 화나게 하지 말라고."

짜증이 폭발했고 불의 기운도 덩달아 폭발했다.

불의 기운을 제어하지 않고 사방으로 쏘아 보냈다.

이 답답한 밀림을 다 태워 버리고 싶었다.

불바다로 변한 밀림은 엘프들이 어떤 표정을 지으며 지켜볼지 보고 싶었다.

불꽃들이 자신과 함께 타오를 장작을 찾아 밀림 사방으로 퍼져 나갔다.

이제 밀림이 불바다가 될 것이다.

"감히 여기가 어디라고 불장난을 하는 거냐!"

쩌렁쩌렁한 목소리를 내는 노인네가 꼬장을 부렸다.

그가 무슨 조화를 부렸는지 몰라도 하늘에서 물이 떨어져 내리고 있었다.

소나기라고 하기에는 너무 거센 빗줄기였다.

하지만 그런 빗줄기라고 해도 내가 불의 기운을 꾸준히 유지한다면 밀림을 태워 버릴 수는 있었다.

하지만 새로운 인물의 등장에 호기심이 생겼고 빗물이 냉정을 찾게 해주었기에 나는 불의 기운을 다시 몸 안으로 불러들였다.

"이게 무슨 짓인가. 감히 세계수가 있는 곳에서 불장난을 하다니."

불장난치고는 스케일이 컸지만 그가 그렇게 생각한다면 불장난이겠지.

"잠시 불장난을 한 겁니다. 저기 있는 엘프분들의 활장난에 맞서 불장난을 했습니다."

"네가 네르키스 님의 기호를 받은 인간이냐? 확실히 인간이 가지고 있을 기운은 아니구나."

내 힘의 원천이 네르키스라고 생각하는 노인네의 말에 딱히 변론을 하지는 않았다.

"제가 인간치고는 강하다는 말을 자주 듣긴 합니다. 저기 있는 엘프들한테 활 좀 내려놓으라고 말 좀 해주세요. 활장난을 다시 하면 저도 불장난을 다시 시작할 수밖에 없습니다."

그는 엘프들을 한번 쳐다보았고 엘프들은 활을 내려놓고 그의 옆으로 다가왔다.

"이곳을 찾아온 이유가 팔찌 때문이라고 했느냐? 감히 그분의 물건을 노리다니. 인간의 욕심이 끝이 없다고는 들어 알고 있었지만 이 정도일 줄은 몰랐구나."

"잠시만 쓰고 돌려 드리겠습니다. 제가 가지겠다는 것도 아니고 개인적인 사유로 쓰겠다는 것도 아니고 인간의 멸망을 막기 위해 사용한다는 건데 내어주십시오."

막무가내로 부탁했다. 말이 통하지 않는 엘프들에게 여러 이유를 설명하고 부탁해 봐야 소용이 없다는 걸 이전의 일로 느꼈기에 그냥 필터링을 걸치지 않고 말을 내뱉었다.

"인간이 멸망을 하든지 말든지 그것은 우리와 상관이 있는 일이 아니지. 하지만 네르키스 님의 가호를 받은 인간의 부탁을 그냥 무시할 수는 없는 법이지."

확실히 나이를 먹은 만큼 대화가 통하는 그였다. 예쁜 얼굴과는 달리 철벽을 치는 누구와는 달랐다.

"그러면 주시는 겁니까?"

"인간은 거래를 잘한다고 하던데 맞는가?"

"네, 맞습니다. 무엇이 필요하십니까? 제가 다 구해 드리겠습니다. 식량이 필요하시면 식량을, 무기가 필요하시면 무기를. 아니면 마정석을 한 보따리 구해 드릴까요?"

대화가 통한다고 느껴지자 입은 빨리 움직였다. 그가 원할 만한 거래 조건을 숨을 끊지 않고 말했다.

"그런 것들은 필요가 없다. 밀림이 우리에게 충분한 식량과 무기를 제공해 준다. 마정석을 수집하는 취미도 없다."

"그러면 어떤 조건을 원하시는 겁니까?"

"가만히 세계수의 숨결을 느껴보게나."

나는 조용히 눈을 감았다.

세계수가 뿜어내는 숨결을 느끼기 위해 모공을 열어 세계수의 기운을 몸에 받아들였다.

마치 어린아이의 심장 소리처럼 규칙적으로 숨결을 뿜어내는 세계수였다.

잔잔한 심장 소리를 듣고 있으니 마음이 편안해졌다.

왜 세계수의 숨결을 느껴보라고 했을까?

세계수에 문제는 없어 보였다.

한동안 세계수의 숨결을 느꼈고 느낀 바를 엘프 노인에게 말하려고 한 순간 세계수의 숨결이 끊어졌다.

숨이 막혀 고통스러워하는 것 같았다.

눈이 번쩍 뜨였다.

엘프 노인네가 하고자 하는 말을 알 수 있었다.

"세계수가 아프군요."

"그래. 우리는 세계수의 숨결과 공존하는 종족이다. 세계수가 없다면 우리의 미래도 없는 것이지. 만약 세계수를 고칠 수 있다면 팔찌를 건네주겠다."

"장로님. 인간이 어떻게 세계수를 고칠 수 있다는 겁니까. 아니, 그가 고칠 수 있다고 말을 해도 거짓말일 확률이 높습니다. 인간과 말을 섞을 이유가 없습니다."

내가 세계수를 고칠 수 있을까?

회복의 기운을 만들어내어 세계수에 쏟아부으면 가능할 것 같기도 했다.

"제가 고쳐 보겠습니다. 맡겨만 주세요. 약속은 지키셔야 합니다."

"우리는 거짓말을 하지 않는다. 네가 세계수를 고쳐 주는 그 순간 팔찌를 건네주겠다."

*　　　*　　　*

나는 세계수를 둘러싸고 있는 엘프들을 지나쳐 세계수에 손을 얹었다.

그러고는 물의 기운과 흙의 기운을 극도로 끌어 올려 세계수에게 회복의 기능을 쏟아부었다.

회복의 기능이 세계수에게 좋은 영향을 줄 거라고 확신했다.

모든 기운을 쏟아붓자 세계수의 숨결이 조금이지만 나아졌다.

숨결이 끊기는 간격이 예전보다 길어졌다.

일단 인공호흡에는 성공했다.

하지만 인공호흡은 구급 조치일 뿐이다.

이 정도의 구급 조치로 엘프 장로에게서 팔찌를 받아낼 수
는 없다.

다른 엘프들은 세계수의 옆에서 떨어져 각자의 임무를 하
러 떠나갔지만 엘프 장로는 내가 세계수를 치료하는 모습을
지켜보며 있었다.

"조금은 좋아졌군. 하지만 이 정도로는 부족하다네."

"알고 있습니다. 조금만 기다려 주세요. 일단 숨을 붙들어
놨으니 다른 방법을 조만간 찾아보겠습니다."

"부탁하네."

인공호흡을 성공했기 때문인지 엘프 장로가 나를 대하는
말투가 한결 부드러워졌다.

물의 기운과 흙의 기운으로 만들어내는 회복 능력으로도
세계수를 완벽히 회복시킬 수 없다면 어떤 기운이 세계수를
고치게 할 수 있을까?

온갖 기운을 조합해 세계수에게 뿌려보았지만 헛수고였
다.

세계수가 말을 하지 않는 이상 해답을 찾기는 쉽지 않았다.

"그래! 세계수의 말을 직접 들으면 되잖아!"

"세계수의 말을 어찌 들으려고 하는 것인가? 우리 엘프들
도 세계수의 목소리를 듣지 못한다네. 자연과 함께하는 엘프
들도 하지 못하는 일을 누가 할 수 있단 말인가?"

자연을 벗 삼아 살아가는 엘프들은 밀림과 함께 숨을 쉬긴

하지만 대화를 나누지는 못했다.

나는 그런 엘프들도 하지 못하는 일을 할 수 있는 사람을 알고 있다.

형식이.

마을 농장을 책임지다시피 하고 있는 나의 동생 형식이라면 가능할지도 몰랐다.

능력을 각성한 이후 형식이는 농작물이 내는 목소리를 듣는다고 나에게 여러 번 말했었다.

어떤 방식으로 농작물의 목소리를 듣는지는 몰랐지만 형식이는 식물의 목소리를 들을 수 있었다.

당장 형식이를 여기로 데려와 세계수의 목소리를 듣게 한다면 세계수를 치료할 수 있을 것이다.

"잠시만 갔다 오겠습니다. 세계수의 목소리를 들을 수 있는 사람이 있습니다."

"인간 중에 식물이 내는 목소리를 듣는 사람이 있단 말인가? 우리 엘프들도 하지 못하는 일을 인간이 할 수 있단 말인가?"

놀란 목소리로 재차 물어보는 엘프 장로에게 씨익 웃어주고는 마을로 텔레포트했다.

밤사이 세계수를 치료하기 위해 갖은 힘을 썼고 해가 뜰 때까지 계속 기운을 썼기에 피곤했다.

하지만 지금 해결책을 찾은 이상 어물쩍거릴 수는 없었다.

마을로 돌아오자 마을 사람들은 활기차게 움직이고 있었고 마을 공동 농장에서 일을 하고 있는 형식이를 어렵지 않게 발견할 수 있었다.

　"형식아 형이랑 어디 좀 가자. 며칠 걸릴 수도 있으니 짐 싸는 건 도와줄게."

　"형 어디를 가자는 거야? 아직 못 한 일이 산더미인데."

　어느새 의젓해진 형식이가 못한 농사일을 걱정했다.

　몬스터 범람이 일어나지 않았다면 한창 어리광을 부릴 나이였지만 몬스터 범람은 형식이를 성숙하게 하였고 그는 이미 한 사람 몫을 충분히 하고 있었다.

　"나무가 아픈데 해결책을 못 찾고 있어. 굉장히 오래 산 나무를 꼭 살려야 하거든. 너라면 가능하지 않을까 해서 그곳으로 너를 데리고 가려고 해."

　"나무가 아파? 어디가 아프다고 하는데?"

　"그걸 모르니까 너의 능력이 필요한 거 아니겠어?"

　"그래? 알았어. 잠깐만 기다려 봐, 형. 금방 짐 챙겨서 나올게."

　형식이는 오랜만에 마을을 벗어나는 것이 신이 나는지 빠른 걸음으로 집으로 향했고 그의 뒷모습만으로도 그가 얼마나 들떠 있는지 알 수 있었다.

　"의젓해도 아직 애는 애구나."

　집 앞에서 형식이를 기다리고 있자 내가 마을에 도착했다는 소식을 들은 사장과 추수가 급하게 달려왔다.

"도대체 어디를 그렇게 바쁘게 다니는 거야. 지금 러시아가 중국을 거의 잡아먹기 직전이라고. 우리도 빨리 대책을 세워야 하지 않겠어? 새로운 수련생도 뽑아야 하고 우리들의 수련도 더욱 박차를 가해야 되는데 자꾸 자리를 비우면 어떡하냐."

속사포처럼 내뱉는 사장의 잔소리에는 마치 시어머니가 새댁의 살림살이 간섭하는 모습이 투영되었다.

"러시아의 공세를 막기 위해 바삐 움직이고 있는 겁니다. 사장님이 새로운 수련생 모집을 해주세요. 루카라스 님이 수련을 맡아주실 겁니다. 만약 루카라스 님이 도움을 안 주시면 3기 수련생들이 새로운 수련생들의 육체를 만드는 수련을 도와주세요."

"저희 5기 수련생들도 돕겠습니다."

"추수 너한테도 부탁 좀 할게. 지금은 진짜 중요한 일을 하고 있어서 내가 신경을 쓸 수가 없어."

사장은 나의 대답에도 잔소리를 그치지 못하고 입에 모터를 달았다.

"아니, 그렇게 중요한 일을 하고 있으면 우리랑 상의를 할수도 있는 거잖아. 넌 항상 혼자 해결하려는 경향이 있어. 그럴 거면 우리를 왜 수련시켰냐? 우리가 너에 비하면 약하긴 하지만 그래도 다른 헌터들보다는 훨씬 강하다고. 우리를 이용하란 말이야."

"이번 일만 해결하면 사장님의 말대로 할게요. 이번만 봐주세요."

그의 잔소리가 나를 생각해서 하는 말이라는 걸 알기에 잔소리를 듣는 것이 그렇게 나쁘지는 않았다. 하지만 계속해서 듣고 싶은 마음은 없었기에 집을 나오는 형식이를 데리고 마을을 벗어났다.

"형식아, 우리 일단 수원으로 이동할 거야."

"수원까지? 마을을 벗어난 적이 언제인지도 기억이 안 나는데 대구까지 벗어난다고?"

신이 나서 입이 귀에 걸린 형식이는 방방 뛰며 좋아했고 나는 형식이를 들어 올려 품에 안았다.

"걸어서 가려면 한참 걸리니까 날아서 갈 거야. 꼭 붙잡아."

"날아서 간다고? 비행기를 타는 거야? 비행기는 아직 한 번도 안 타봤는데! 와! 대박이다!"

비행기를 탄다고 생각하는 건가? 귀여운 녀석.

"내 몸을 꼭 잡아."

형식이가 내 목을 끌어안는 느낌을 받자 바람의 기운을 이용해 하늘로 떠올랐다.

"우와 형, 우리가 날고 있어. 와 너무 신기해 형."

"그래 이대로 날아서 수원으로 갈 테니 꼭 잡아."

형식이가 고소공포증이 없어서 다행이긴 하지만 반대로 너무 신이 나서 떨어지려고 하는 형식이를 수원에 도착할 때까지 꽉 붙잡아야 했다.

"수원에 아픈 나무가 있는 거야?"

"수원이 아니라 몬스터 월드 안에 아픈 나무가 있어."

"몬스터 월드로 들어가는 거야?"

몬스터 도어 안으로 들어간다는 말에도 겁을 집어먹지 않는 형식이였다.

몬스터 범람을 겪은 사람치고 몬스터에 겁을 집어먹지 않는 사람은 드물었는데 그 드문 사람 중 한 명이 형식이였다.

텔레포트의 정원은 한 명이다. 형식이를 데리고 엘프 마을로 가는 방법은 직접 날아가는 방법밖에 없었다. 그래도 이미 한 번 가본 길이었기에 전보다는 빠르게 도착할 수 있었다.

중간중간에 식사를 하기 위해 휴식을 취한 것 말고는 계속해서 하늘을 날았고 다음 날 오후가 되어서 엘프 마을에 도착할 수 있었다.

"저 아이가 자네가 말한 세계수의 목소리를 들을 수 있다는 사람인가?"

엘프를 처음 본 형식이는 멍하니 엘프 장로를 쳐다보았다. 형식이는 엘프가 무슨 말을 하는지도 모르면서 엘프 장로가 한마디 할 때마다 열심히 고개를 끄덕이며 웃어주었다.

역시 가정교육이 잘못되지 않았어.

"그렇습니다. 제 동생이기도 합니다. 제 동생은 식물의 말을 이해하고 알아듣는 능력을 가지고 있습니다."

"자연과의 친화력이 매우 뛰어나군. 오히려 엘프보다 더 자연스럽게 밀림의 기운을 받아들이고 있군. 좋은 정령사가 될 떡잎이 보여."

"정령사요? 형식이가 정령을 다룰 수 있다는 말입니까?"

"저 정도로 자연 친화력이 있는 아이가 정령을 다루지 못한다는 게 오히려 이상한 일이지."

오행의 기운을 가지고 있는 나다. 정령을 부리고 싶은 욕심이 드는 것이 당연했다.

"혹시 저도 정령을 다룰 수 있습니까?"

"자네는 정령 친화력이 빵점이야. 정령은 포기하게나. 몸 안에 있는 기운이나 잘 사용하게나."

정령에 대한 욕심을 재빨리 접었다. 그래도 형식이가 정령을 다룰 수 있다는 게 어디인가.

나는 엘프 장로와 형식이의 교육에 대해서 얘기를 나누느라 형식이가 세계수에 다가간지도 모르고 있다 형식이가 소리치는 목소리에 정신을 차리고 얼른 세계수 옆으로 갔다.

"나무가 죽고 싶어 하네. 자기는 너무 오래 살아서 더는 자연의 기운을 받아들일 수 없대. 하루하루 살아가는 게 너무 힘들대. 자꾸 눈물을 흘려."

세계수 주변을 아무리 찾아봐도 세계수의 눈물로 보이는 물은 보이지 않았지만 그렇다고 형식이의 말을 거짓으로 치부할 수는 없었다. 그는 마을 제일가는 농부였다.

"뭐라고 하는가? 세계수가 무슨 말을 하고 있는 건가?"

"수명이 다 되어서 죽고 싶다고 합니다. 살아 있는 게 고통이라고 하네요. 죽여달라고 눈물을 흘리며 애원한다고 합니다."

침통한 표정으로 세계수를 바라보는 장로였다.

정확히는 몰라도 그의 어린 시절과 젊은 시절 그리고 지금까지 그의 인생의 페이지 옆에는 세계수가 있었을 것이다.

그가 세계수를 바라보는 눈빛은 친한 친구를 바라보는 눈빛과 다르지 않았다.

"살릴 방법은 도저히 없는가?"

그는 세계수를 쓰다듬으며 애처롭게 말했다.

"나무가 죽고 싶은데 엘프들 때문에 억지로 살고 있대. 새로운 세계수가 될 씨앗을 여러 번 만들었는데 엘프들이 모르고 지나갔대. 이미 세계수 씨앗을 몇 번이나 만들어서 이제 새로운 씨앗을 만들고 나면 기운이 모두 빠져나가 죽는다고 해. 형아……. 이 늙은 나무 너무 불쌍해."

형식이는 눈에 눈물을 맺은 채로 엘프 장로 옆에서 같이 나무를 쓰다듬었다.

"장로님. 혹시 세계수의 씨앗을 보신 적 있으십니까? 세계수가 말하기를 몇 번이나 세계수 씨앗을 만들어주었는데 엘프들이 모르고 지나갔다고 합니다."

"세계수 씨앗? 정말 우리가 그것을 모르고 지나쳤다고 하는가? 나는 세계수의 씨앗을 한 번도 본 적이 없다네."

"이제 딱 한 번 더 씨앗을 만들 기운밖에 남아 있지 않다고 합니다. 이 씨앗마저 발견하지 못할까 봐 억지로 생을 이어가고 있다고 합니다."

"그랬었군. 세계수는 우리를 걱정해서 억지로 목숨을 유지하고 있었던 거야. 당연히 세계수가 영원히 살아갈 줄 알고 있었다네. 세계수 씨앗에 관한 내용을 전혀 모르고 있었어. 어떤 책에도 세계수를 키우는 방법에 대해서 적혀 있지 않았고 그런 경험이 있는 엘프가 없었다네."

"씨앗을 세계수로 성장시키는 방법에 대해 물어보겠습니다."

나는 어느새 눈물로 세수를 하고 있는 형식이의 얼굴을 닦아주고는 물었다.

"형식아. 세계수에게 씨앗을 키우는 방법에 대해 물어주겠니?"

"알았어, 형."

형식이는 애써 눈물을 참고 세계수에 집중하다가 다급하게 입을 열었다.

"지금 씨앗을 만들어야 한대. 시간이 더 지나면 씨앗을 만들 기운조차 잃어버리고 죽어버릴 수도 있대."

"장로님, 지금 세계수가 마지막 씨앗을 만들어낸다고 합니다."

장로는 수술실에 들어간 임산부를 기다리는 남편처럼 안절부절못했다.

"지금 말인가? 내가 어떻게 해야 되는 건가? 거름을 준비해야 하나? 아니면 물의 마법을 펼쳐야 하는 건가?"

세계수가 빛을 발했다. 그의 청록색 기운이 밀림 안을 가득 채웠다.

영원토록 계속될 세계수의 기운이 한순간 사라지고 없어졌다.

더는 세계수의 숨결이 느껴지지 않았다.

밀림은 정적에 빠져들었다. 바람조차 세계수의 죽음에 충격을 받았는지 불지 않고 있다.

밀림의 모든 동식물들이 세계수의 죽음에 애도를 표하고 있는 것 같았다.

"형, 빨리 이곳으로 와. 여기 세계수 씨앗이 있어."

형식이는 재빨리 세계수 옆의 땅을 파기 시작했고 거기서 작은 모래 한 알을 들어 올렸다.

"형, 이게 세계수의 씨앗이야."

너무도 작았다. 모래 한 알 정도의 씨앗을 엘프들이 알아보지 못했다는 것이 이해가 갔다.

"이게 세계수의 씨앗인가?"

장로는 형식이의 손에 들린 세계수의 씨앗을 조심스레 자신의 손으로 옮겼다.

"세계수의 씨앗은 물 안에 들어 있지 않으면 생명력을 잃어버려. 어서 물 안에 넣어야 돼."

"장로님. 씨앗을 물속에 넣지 않으면 생명력을 잃어버린다고 합니다."

그는 호들갑을 떨며 물을 찾았고 자신이 마법으로 물을 만들어낼 수 있다는 생각조차 하지 못했다. 그런 그를 대신해 내가 물웅덩이를 만들었다.

"여기에 넣으세요, 장로님."

그는 내가 만든 물웅덩이에 세계수의 씨앗을 조심스레 넣었고 세계수의 씨앗은 물속에서 급격히 발아하기 시작했다.

1분도 되지 않아 모래알만 하던 씨앗은 물을 빨아들여 손바닥 정도의 크기로 자라났다.

*　　　*　　　*

반나절도 걸리지 않아 씨앗은 무릎까지 자라났고 푸른 잎사귀 하나를 만들어내었다.

하지만 여기서 성장은 멈춘 듯 더는 자라나지 않고 있었다.

"형, 이제 뿌리를 내려야 하는데 밑에 바위가 있어 뿌리를 내리지 못하고 있대. 어서 바위를 치워줘야 해."

얼른 땅으로 들어가 세계수의 성장을 방해하고 있는 바위를 밖으로 끄집어내었다.

바위를 치우자 다시 세계수가 자라기 시작했다.

이 정도를 했으면 우리가 할 수 있는 일을 최대한 했다고 생각했다.

이제는 장로가 약속을 지킬 차례였다.

"장로님, 저희는 이만 가봐야 할 것 같습니다. 팔찌를 건네주십시오."

장로는 어린 세계수에 눈을 떼지 못하고 있었고 내 목소리를 듣고서야 세계수에서 눈을 돌려 나를 바라보았다.

"벌써 가는 건가? 아직 세계수가 성장하려면 멀었다네. 조금만 더 있다가 가게나. 아니면 이 아이를 두고 가는 건 어떻겠나? 아이에게 정령술을 가르치는 것은 물론이고 내 자식처럼 대하겠네."

"제 동생을 엘프의 손에 키우고 싶은 마음은 없습니다. 왜 가족을 강제로 생이별시키려고 하십니까. 과한 욕심이십니다."

인간의 욕심을 욕하던 엘프의 장로였다.

지금 장로가 하는 말은 엘프의 욕심으로 가득 차 있었다.

"미안하네. 내가 욕심에 눈이 멀어 하면 안 될 말을 한 것 같네. 따라오게나. 팔찌를 내어주겠네."

그는 세계수 옆의 나무숲으로 우리를 안내했다.

얼마간 걷던 그는 어느 한 지점에서 멈추어 나뭇잎을 치웠는데 나무 기둥에 작은 공간이 모습을 드러내었다.

그곳에는 작은 상자가 들어 있었다.

"여기에 그분을 모셨다네. 그분이 생전에 쓰던 물건들을 여기에 두었다네."

상자 안에서 나무줄기로 만든 팔찌 하나를 꺼내 나에게 건넸다.

"이게 마법 면역이 있는 팔찌입니까?"

생각보다 너무도 허술한 모습의 팔찌였다. 그냥 나무줄기를 꼬아 만든 것 같은 팔찌가 드래곤의 목걸이보다 더 뛰어난 마법 면역 능력이 있다고는 보이지 않았다.

"그렇다네. 태초에 있던 세계수의 정기를 담은 팔찌일세. 아무리 뛰어난 장인이라고 해도 이 이상의 팔찌를 만들지 못한다네. 드래곤이라고 해도 불가능한 일이지."

믿어지지 않았지만 엘프가 거짓말을 할 거라고 생각은 하지 않았기에 팔지를 받아 손목에 채웠다.

설마 엘프가 사기를 치지는 않겠지.

팔찌의 능력이 소문에 비해 떨어지면 내 목숨이 위험했다.

목숨이 위험한 것뿐만 아니라 블라디미르의 꼭두각시가 되어 인류 멸망에 앞장설지도 몰랐다.

"그럼 이만 가보겠습니다."

"잠시만 기다려 보게나. 이 아이에게도 선물을 주고 싶다네."

장로는 상자에서 반지 하나를 꺼내 형식이에게 주었다.

"무슨 반지입니까?"

"하이엘프가 엘프 마을을 수호하기 위해 사용했던 반지라네. 끼고만 있어도 자연 친화력이 상승하는 보물이라네."

형식이에게 좋은 선물이었다. 장로의 마음 씀씀이가 고마웠다.

"감사합니다. 그냥 끼고만 있으면 되는 겁니까?"

"그렇다네. 그냥 끼고만 있어도 자연 친화력이 늘어난다네. 그리고 다른 기능도 하나 있다네. 수호 반지라는 이름답게 좌표가 설정된 엘프 마을로 이동할 수 있는 능력도 있다네. 지금 반지에 설정된 좌표는 이 마을이라네."

장로의 꼼수가 귀엽게 느껴졌다.

세계수를 형식이가 보살펴 달라는 의미로 준 반지였다.

아무리 고맙다고 해서 보물을 두 개나 줄 리는 없었다.

다 이유가 있어서 형식이에게 반지를 준 것이었다. 그래도 기분이 나쁘지는 않기에 그의 꼼수를 넘어가 주었다.

"엘프 마을에서 다시 원래의 장소로 돌아갈 수도 있겠죠?"

"그렇다네. 반지의 보석을 왼쪽으로 돌리면 엘프 마을로 이동하고 오른쪽으로 돌리면 원래 있던 곳으로 이동하는 보물이라네."

내가 가진 텔레포트 목걸이보다는 성능이 약하긴 했지만 그래도 엄청난 능력을 가진 마법 아이템이었다.

최소한 형식이의 안전을 걱정하지 않아도 되었다.

위험한 상황이 생기면 엘프 마을로 이동하면 된다.

엘프 마을에서 위험한 일이 생기면 우리 마을로 이동하면 되는 것이고. 나는 형식이에게 서둘러 조작법에 대해 설명해 주었다.

"그러면 내가 보고 싶을 때마다 어린 나무를 보러 와도 되는 거야? 얘랑 헤어지기 싫었는데 잘됐다, 형아."

"그래, 언제든지 어린 나무를 보러 와도 돼."

장로는 형식이를 첫사랑을 보는 눈으로 바라보고 있었고 나는 그를 향해 은근슬쩍 말했다.

"형식이에게 정령술도 가르쳐 주시는 거죠?"

"그렇다네. 정령술은 물론이고 정령 마법도 알려주겠네. 그전에 엘프어를 알려주긴 해야 되지만 똘망한 눈을 보니 머리도 좋아 보이니 금방 엘프어를 익힐 것 같네."

"그러면 저는 이만 가보겠습니다. 형식아 가자."

형식이를 안고 다시 왔던 길을 돌아가야 한다. 하루를 더 날아갈 생각을 하니 벌써부터 어깨가 뻐근했지만 그래도 이번 한 번만 고생을 하면 된다는 생각에 힘을 냈다.

"자네 날아갈 생각인가?"

"그렇습니다. 날아가는 것 말고는 돌아갈 방법이 없지 않습니까."

"자네는 텔레포트 목걸이를 가지고 있지 않은가. 자네가 반지를 끼고 목걸이를 이용해 자네의 마을로 돌아가 위치를 설정하고 반지를 이용해 마을로 돌아와 이 반지를 다시 이 아이에게 주면 되지 않은가. 반지는 하루에 몇 번이고 사용할 수 있다네."

"아! 그러면 되는군요."

"생각보다 머리가 좋지는 않은가 보군."

무식하다는 말은 어릴 때부터 많이 들어봤기 때문에 멘탈이 흔들리지는 않았다.

빨리 마을로 돌아갈 수 있다는 생각에 기분이 좋을 뿐이었다.

"그러면 금방 마을에 갔다 오겠습니다."

나는 형식이에게 반지를 건네받아 손가락에 끼우고는 목걸이를 이용해 텔레포트를 해 마을로 이동했다.

"어, 용택아. 형식이는 어디에 두고 혼자 온 거야?"

마침 집 앞을 지나가던 사장이 나를 보고 말을 걸었다.

"잠시만 기다리세요. 금방 돌아올게요."

반지를 왼쪽으로 돌리면 엘프 마을로 이동한다고 했지.

보석을 왼쪽으로 돌리자 세계수의 옆으로 이동해 있었다.

"그럼 진짜 가보겠습니다. 다음에 기회가 되면 다시 뵙겠습니다."

"자네는 안 와도 좋으니 이 아이가 우리에게 오는 것을 막지만 말아주게나."

"알겠습니다. 형식이가 가는 것을 막지는 않을 테니 정령술이나 잘 가르쳐 주세요."

장로에게 작별 인사를 하고는 형식이의 손에 반지를 끼워주었고 형식이는 알려준 대로 보석을 오른쪽으로 돌려 마을로 이동했고 나도 마을로 텔레포트를 했다.

"어 용택아. 진짜 금방 돌아왔네."

갑자기 나타난 형식이의 모습에 놀라고 있던 사장은 다시 나타난 나의 모습에 어리둥절한 얼굴을 하고 있었다.

"이제 준비를 마쳤습니다. 현재 상황에 대해 설명 부탁드립니다."

나는 형식이를 집으로 돌려보내고 지휘관 막사 안으로 사장과 추수를 데리고 들어갔다.

러시아와 중국의 사정에 대해 알고 싶었다. 얼마나 많은 사람이 죽었을까?

블라디미르의 공격에 방어할 방법을 나는 생각보다 빨리 찾았지만 그래도 일주일이 걸렸다.

"현재 정보지와 2기 수련생들이 보낸 편지를 통해 알아낸 정보에 의하면 그들은 베이징을 완전히 장악하고 지금은 중국의 중심이라고 볼 수 있는 란저우를 향해 가고 있다고 합니다. 지금 같은 속도라고 하면 중국 전역을 장악하는 데 두 달이 걸리지 않을 것 같습니다."

"생각보다 느린 속도로 전진하고 있네요."

"이게 느린 거냐? 중국을 잡아먹는 데 몇 달 걸리지 않는 나라가 있을 거라고는 생각해 본 적도 없다. 러시아가 중국을 장악하면 우크라이나와 유럽 방향으로 시선을 돌릴지 우리나라와 일본을 향해 시선을 돌리지 모르는 상황이다. 최대한 대비를 해야 돼."

"새로운 수련생은 어떻게 되었습니까? 모집은 완료했습니까?"

"안 그래도 내 밑에 있는 각성자들에게 각서를 받았다. 전부 6기 수련생이 되는 거지. 지금 인성을 따지면서 면접을 볼 틈이 없으니 다 수련생으로 받아들였다. 이번 주 안에 그들을 루카라스 님에게 보낼 생각이다."

"고생하셨습니다, 사장님."

"6기 수련생이 최소한의 능력을 가지려면 몇 달은 걸릴 거다. 만약 러시아가 중국을 장악하고 유럽이 아닌 우리나라를 향해 눈을 돌린다면 그들을 활용할 기회조차 없을 거야."

"알고 있습니다. 그러니 3기에서 5기까지 수련생들의 수련에 박차를 가해야 합니다. 지금보다 최소 한 단계 이상의 랭크업을 이루어야 합니다."

내가 블라디미르를 상대하는 동안 수련생들이 러시아의 각성자들과 몬스터들을 상대해야 한다. 아무리 빠르게 성장한 수련생들이라고 해도 수십만의 몬스터를 상대로 이기지는 못한다.

단지 시간을 벌어주기만 하면 되었다.

30분만 몬스터에게 버텨준다면 승산이 있다.

블라디미르를 최대한 빨리 상대하고 수련생들과 함께 몬스터를 사냥한다면 러시아와의 전투에서 승리할 수 있는 것이다.

전쟁에서 승리를 하지는 못하더라도 한 번의 전투만 승리하면 되었다.

한 번의 전투에서 승리를 거두어 블라디미르를 처치한다면 러시아가 더 야욕을 부릴 이유가 없었다.

몬스터를 조종하지 못하는 러시아가 세계를 향해 이빨을 들이밀 능력도 이유도 없게 되는 것이다.

"랭크업하는 것이 말이야 쉽지. 그게 마음대로 되겠냐."

"루카라스 님의 지옥 수련이라면 가능할 겁니다. 그라니안의 수련과는 차원이 다른 수련 강도를 버틸지는 의문이지만 견뎌내기만 하면 랭크업을 할 수 있을 겁니다."

"그라니안의 수련보다 힘들다고? 그게 인간이 버틸 수 있는 수련이야?"

"랭크업을 할 수만 있다면 아무리 힘든 수련이라도 참고 버틸 수 있습니다."

상반된 반응을 보이는 그들이고 나는 추수의 목소리만 머릿속에 담고 사장의 목소리는 반대편 귀로 흘려보냈다.

"바로 수련에 들어가야 됩니다. 시간이 부족합니다."

그들의 수련도 중요하지만 나도 한 단계 성장할 필요가 있다.

지금의 힘으로는 부족하다. 블라디미르와 싸워 이길 확률은 50 대 50이었다.

최대한 승률을 올려야 한다.

나는 모든 수련생을 이끌고 루카라스의 보금자리를 찾았다.

루카라스는 오랜만에 적적함을 가실 소일거리를 가지고 온 나를 날카롭게 잠시 바라보다가 수련생들에게 다가갔다.

"내가 이 모든 수련생을 봐줄 수는 없으니 역할 분담을 해야 될 것 같다. 3기와 5기 수련생들은 6기 수련생들의 육체를 수련을 도와주고 다시 이 자리에 모인다. 그리고 4기 수련생들은 원래 하던 수련을 계속한다."

이미 능숙한 교관으로 탈바꿈한 루카라스였다.

마치 수십 년 동안 군대 훈련소에서 훈련병을 가르친 것 같은 분위기를 풍기는 그였다.

그가 수련생을 가르칠 동안 나는 따로 힘을 길러야 한다.

기운을 키우는 가장 좋은 방법은 자연계 몬스터나 보스급 몬스터의 힘을 흡수하는 것이었기에 나는 지체 없이 도어가 있는 지역으로 이동했다.

이미 경상도 지역에 남아 있는 몬스터 도어는 없었기에 경기도까지 이동해야 했다.

질보다는 양이다.

경기도에 있는 C급 이하 몬스터 도어는 하루가 다르게 수가 줄어들었다.

도어가 줄어들수록 나의 기운은 더욱 크기를 키웠다.

드래고니안의 수련이 아니었다면 기운을 감당하지 못하고 육체가 부서졌을 것이다.

경기도에 있는 C급 이하의 몬스터 도어가 씨가 말랐다.

나는 전라도와 강원도까지 이동해 몬스터의 힘을 흡수했다.

그것도 모자라 봉인된 몬스터 도어를 뜯어내 숨어 살고 있는 자연계 몬스터의 힘도 흡수했다.

헌터 협회는 이유도 모르고 줄어드는 몬스터 도어에 신이 날 것이다.

하루를 잘게 쪼게 사용했다.

잠을 줄이고 사냥하는 시간을 늘렸다.

피로가 쌓였지만 멈출 수가 없었다.

강원도 지역의 C급 이하 몬스터 도어마저 모습을 감추자 내 힘을 확인받기 위해 루카라스를 찾아갔다.

"짧은 시간에 기운이 많이 강해졌군."

그에게 이런 말을 듣고자 찾아온 것이 아니다. 몸의 대화를 나누고 싶었다.

"오랜만에 대련 부탁드립니다."

루카라스는 바로 하늘로 날아올랐고 나도 그를 따라 하늘로 날아올랐다.

그는 수련생이 보이지 않는 장소까지 이동했다.

수련생들에게 꼴사나운 모습을 보이고 싶지 않아서였을 것이다.

은근히 이미지 관리에 힘쓰는 드래고니안이다.

"처음부터 모든 힘을 다 사용하겠습니다."

나는 모든 기운을 폭발시켜 루카라스를 향해 달려들었다.

루카라스도 나의 기운에 맞서 기운을 폭발시켰다.

"그래 오랜만에 나도 몸 좀 풀어야겠다. 와라."

나의 기운과 그의 기운이 신나게 어우러졌다.

바람의 칼날이 사방에 날아다녔고 여러 개의 장벽이 순식간에 생겨났다 파괴되기를 반복했다.

고민은 사라지고 지금에 집중하게 된다.

지금은 블라디미르에 대한 생각은 머릿속에서 사라졌다.

오로지 루카라스의 손끝에 집중했다.

흘러내리는 땀이 그간의 피로를 씻어주고 있다.

제3장
EU VS 러시아

  루카라스와의 대련에서 모든 힘을 쏟아부은 나는 손가락 하나 까닥할 힘도 없었다.

  당연히 서 있을 수도 없었기에 바닥에 대자로 누워 하늘을 바라보았다.

  하지만 얼굴에는 미소가 지어졌다.

  내 옆에 루카라스가 한쪽 무릎을 꿇고 있었기 때문이다.

  상당히 억울한 표정을 하고 있는 루카라스를 볼 때마다 새어 나오는 웃음을 참기 위해 노력했지만 얼굴 근육들이 저절로 움직여 미소를 만들어내었다.

  "웃지 마라. 이번엔 방심했을 뿐이다."

"네, 알고 있습니다."

이기지는 못해도 호각으로 싸운 적은 처음이다.

루카라스가 방심을 했다? 그럴 리가 없었다. 전투 종족인 드래고니안은 아무리 힘의 격차가 나는 상대와 전투를 벌인다고 해서 힘을 빼지 않는다.

이제 루카라스의 힘에 한발 더 근접해졌다.

나는 히죽히죽 웃으며 몸을 회복시켰다.

루카라스는 나보다 빠르게 몸을 회복하고 수련생들에게로 돌아갔다.

수련생들은 이유도 모르고 강도가 강해진 수련에 비명을 질러대었다.

"러시아가 중국과의 전쟁에서 이겼다고 공식적으로 선포했습니다."

블라디미르를 만난 지 두 달이 넘는 시간이 흘렀고 우리는 강해졌지만 러시아도 쉬지 않고 침략 전쟁을 지속했다.

오늘 받은 정보지에는 러시아의 선언문이 게재되어 있었다.

중국을 완전히 장악했다고는 볼 수 없지만 이미 주요 거점 도시들을 모두 장악한 러시아는 게릴라를 펼치는 중국 각성자들에게 신경을 끄고 새로운 땅을 향해 전진하고 싶어 했다.

다행히 러시아의 목표는 우리가 아니라 우크라이나와 유럽 쪽이었다.

이미 대규모의 몬스터 부대가 우크라이나를 향해 이동하고 있었고 그도 모스크바로 이동했다고 한다.

여기서 결단을 내려야 한다.

내가 그를 맞서 싸울 방법에는 여러 개의 선택지가 존재한다.

전과 같이 그를 암살하는 방법과 다른 나라들과 힘을 합쳐 러시아와 전쟁을 하는 방법.

두 가지 방법 모두 장단점이 있다.

가장 빠르고 조용히 처리하는 방법이 전자이긴 하지만 위험도가 높았다.

만약 내가 실패한다고 하면 뒤가 없다.

하지만 후자는 많은 시간이 걸리기는 하지만 보다 안정적으로 기회를 노릴 수 있다.

엘프의 팔찌를 차고 있는 지금 그를 암살할 수 있는 가능성은 매우 높았다.

하지만 그 가능성을 보고 실행하기에는 나를 바라보고 있는 사람들이 걸렸다.

만약에 실패라도 하게 된다면 내 사람들이 어떤 대우를 받으며 살아가게 될지 잘 알고 있다.

아무런 결정을 내리지 못하고 우크라이나와 유럽이 벌어

준 시간을 이용하여 여전히 수련만을 하고 있었다.

결단을 내리지 않으면 다른 나라의 피해가 점점 커진다는 것을 알고 있지만 쉽게 결정을 내리지 못했다.

나의 우유부단함을 탓하고 있을 때 헌터 협회에서 편지 한 통이 왔다.

비공식적인 세계 회담이 열리고 그 회담에 나와 같이 가고 싶다는 내용이었다.

"참석하는 게 좋을 거 같다. 용택이 네가 가지 않으면 한국 헌터 협회가 기가 죽어 말이라도 제대로 하겠냐. 그리고 우리 가 빠진 한국 헌터 협회는 사실 속 빈 강정이잖아."

막사 안에서 같이 편지를 읽었던 사장이 헌터 협회 편을 들 어주었다.

"이번 회담의 주요 안건은 러시아의 행보에 관한 내용일 겁니다. 교관님이 참석하시는 편이 러시아를 좀 더 효과적으 로 압박할 수 있지 않을까 생각합니다."

사장은 그렇다고 쳐도 추수까지 세계 회의에 참석할 것을 권유했다.

추수까지 그렇게 생각한다면 헌터 협회장과 함께 세계 회 의에 참석하는 것이 옳을 것이다.

통신망이 사라지고 화상 회담이 불가능한 이 시점에서 세 계 회의를 하기 위해서는 한 나라로 모이는 방법밖에 없다.

이번 회담은 폴란드의 바르샤바라는 도시에 개최되기로

했다.

러시아의 공격이 유럽과 우크라이나를 향하고 있었기 때문에 우크라이나와 국경을 맞대고 있는 폴란드로 회장 장소가 정해진 것 같았다.

러시아의 공격을 직접적으로 맞서야 하는 나라들이 유럽이었기에 다른 나라들은 그들을 입장을 고려해 폴란드에서 세계 회담이 개최되는 것에 동의했다.

"그러면 협회장과 함께 폴란드에 다녀오겠습니다. 그동안 고생 부탁드리겠습니다."

"그래 조심히 다녀와. 6기 수련생들의 수련은 걱정하지 말고. 내가 알아서 빡세게 굴릴게."

"그럼 부탁 좀 드리겠습니다."

짧은 회의를 마치고 나는 바로 서울로 이동해 헌터 협회의 건물을 찾아갔다.

협회장은 문 앞에서 나를 반기며 자신의 사무실로 안내했다.

"폴란드까지 몇 명이나 같이 이동하는 겁니까?"

"일단 국내에 남아 있는 항공기는 몇 대 있기는 하지만 항공유가 풍족하지 않기 때문에 소형 항공기를 타고 이동할 생각이라네. 20명의 인원만이 폴란드행 항공기를 타게 된다네."

"20명이면 너무 위험하지 않나요?"

"회담이 끝나면 바로 돌아올 생각이네. 최소한의 인원으로 움직이는 것이 더 효율적이네."

소형 항공기를 이용해서 폴란드까지 걸리는 시간은 대략 10시간 내외라고 했고 이미 항공기는 모든 준비를 마치고 탑승을 기다리고 있었다.

협회장이 고른 18명의 헌터들과 항공기에 탑승했고 그 안에서 회담에 관한 얘기를 나누며 시간을 보냈다.

"지금 러시아가 우크라이나를 향해 병력을 이동시키고 있다고 하는데 회담을 너무 늦게 하는 것 아닙니까?"

"그렇지. 그들도 러시아가 중국을 이렇게 빨리 잡아먹을지 예상하지 못했던 거지. 발에 불똥이 떨어져서야 움직인 거야. 회담 이후 2주 정도가 지나면 러시아가 우크라이나에 대한 공격을 감행하겠지. 그 전에 주변국들이 힘을 합쳐야 한다네. 우리나라도 러시아의 사정권 안에 있는 나라기 때문에 이번 회담이 매우 중요한 분기점이 될 것이야."

"지금 유럽 쪽 헌터의 숫자는 어떻습니까? 그들이 중국보다 많은 각성자를 데리고 있다고는 생각되지 않는데요."

"각국의 각성자 수는 물론 중국보다 적기는 하지만 EU로 봤을 때는 중국과 비슷하거나 조금 많은 수의 각성자를 데리고 있다네. 그리고 그들은 중국과는 달리 체계적으로 헌터들을 관리하고 있다네. 중국처럼 쉽게 당하지는 않을 거야."

중국 헌터 협회는 중국 각성자들에게 명령을 내릴 수 있는 위치가 아니었다.

중국 정부 소속 각성자들을 제외하면 다른 각성자들은 각자의 문파에 속해 있었고 문파들은 자신들의 피해를 최소화하기 위해 오지로 숨어들었다.

물론 그렇지 않고 중국 정부와 힘을 합쳐 싸운 문파들도 있긴 했지만 그들만으로는 몬스터 부대를 이끌고 있는 러시아를 막기엔 역부족이었다.

만약 모든 문파가 힘을 합쳐 러시아의 공세를 막았다면 전쟁 판도는 지금과 많이 달라졌을 것이다.

이미 지난 일들을 생각해 봐야 바뀌는 것은 없다.

그리고 그들을 욕할 수도 없다.

자신들의 안위를 위해 숨어든 것은 그들의 선택이다.

지금의 시대에 애국심을 강조할 수는 없는 일이다.

10시간이 넘는 비행 동안 협회장과 얘기를 하며 시간을 보내기에는 대화거리가 부족했다.

이미 정보지를 통해 정보를 받고 있었기에 궁금한 사항도 별로 없었고 그와의 대화가 재밌지도 않았다.

부족한 잠을 채우며 시간을 보냈다.

"도착했네."

비행 유도등 대신 횃불을 밝힌 공항에 항공기는 무사히 착

류했고 이미 마중 나와 있는 EU 사람들이 우리를 숙소로 안내했다.

비공식적인 자리이긴 했지만 세계 회담에 나온 한 나라의 대표가 머무는 숙소라고 하기에는 초라한 숙소였다. 그러나 지금의 상황에서 더 바란다는 것은 욕심이었다.

숙소에 있는 침대에 눕기도 전에 사람들이 찾아와 문을 두들겼다.

그들이 얼마나 긴박한지 알 수 있었다.

회담이 이루어지는 곳은 성 요한 성당이었다.

2차 세계대전 이후 부서진 성당을 고딕 양식으로 재건축했다는 요한 성당은 몬스터 범람에 피해를 입지 않은 듯 그 모습을 유지하고 있었다.

성당 입구에 있는 거대한 오르간이 녹이 슬지 않은 채 관리되어 있었다.

폴란드인들이 요한 성당을 얼마나 아끼는지 느낄 수 있었다.

예배를 보는 장소로 보이는 곳에 원탁이 들어서 있다.

나와 협회장 그리고 통역사 한 명을 제외한 사람들은 원탁 뒤에 자리를 잡았고 우리는 이미 자리를 차지하고 앉아 있는 다른 나라 헌터 협회 수장들 옆에 안내되었다.

"이제 올 사람은 다 온 것 같으니 바로 회담을 시작하겠습니다."

나와 협회장 뒤에 자리를 잡은 통역사가 재빨리 통역을 하였다.

역시 영어 공부를 좀 해둘 걸 그랬나.

학창 시절 영어라면 학을 뗐던 나였기에 간단한 단어도 통역을 통해야만 알아들을 수 있었다.

"바로 본회의로 들어가겠습니다. 지금 러시아가 중국을 침략하고 우크라이나와 유럽을 향해 부대를 이동시키고 있습니다. 모두 알고 계시겠지만 그들은 몬스터를 조종하고 있습니다. 그들의 이런 행위는 세계 모든 나라에 위협을 가하는 행동입니다. 모두 힘을 합쳐 막아야 합니다. 먼저 EU 연합에서 미리 회의를 거쳐 몇 가지 방법을 생각했습니다."

소개도 생략하고 본회의에 들어왔기 때문에 그가 누군지 정확히는 알지 못했지만 회의를 주도하고 있는 것으로 보아 EU 연합 회장 정도로 보였다.

"EU 연합에서는 우크라이나의 국경에서 러시아와 싸울 계획을 세웠습니다. 미국과 중동 지역 헌터 협회에서 각성자들을 지원해 주시기 바랍니다. 그들을 상대하기 위해서는 힘을 합쳐야 합니다."

그의 말에 미국의 헌터 협회장과 중동 지역 협회장은 각성자를 지원할 것을 약속했고 러시아와 근접해 있지 않은 나라들도 모두 각성자와 물자를 지원해 줄 것을 약속했다.

회의가 1시간이 넘어가고 있었지만 우리이게 발언권은 오지 않았다.

아니, 우리가 있는지조차 그들은 모르고 있는 것 같았다.

이럴 거면 우리를 왜 부른 거지?

그들은 끼리끼리 짝이 맞아 얘기를 나누었고 우리는 들러리가 된 기분을 받을 수밖에 없었다.

러시아의 공격에서 벗어나기는 했지만 여전히 러시아의 사정권 안에 들어 있는 한국이다.

이 회의에 최소 몇 번은 언급되어야 했다. 그들의 이런 행동은 한국을 무시하는 생각이 깔려 있다고 생각할 수밖에 없었다.

"협회장님. 우리는 여기 왜 온 겁니까? 얘기를 들으러 폴란드까지 온 겁니까? 저 그렇게 한가한 사람 아닙니다."

"다른 나라의 비해 각성자의 숫자가 작으니 우리가 큰 도움이 되지 않는다고 생각하는 거겠지."

협회장과 잡담을 나누는 소리는 밀폐된 성당 안이었기에 생각보다 컸고 그제야 우리의 모습을 유심히 보는 EU 헌터 협회장들이었다.

"한국은 후방 교란 정도만 해주시면 고맙겠습니다. 게릴라 작전으로 러시아의 후방을 공격해 주세요. 시끄럽게 만들어 러시아가 우리와의 전쟁에 집중을 하지 못하게 할 정도만 흔들어주십시오."

통역사가 최대한 부드럽게 통역을 해주었지만 EU 협회장의 말투로 봐서는 우리를 무시하고 있는 것이 확실했다.

체스판의 병졸로 우리를 보고 있는 그들이다.

"알겠습니다. 최대한 후방을 흔들어놓을 테니 꼭 전쟁에서 승리하시기를 기원합니다."

협회장 대신 내가 그의 말을 받았다. 당연히 딱딱한 말투로 말했지만 EU 협회장은 아무런 반응도 보이지 않고 눈을 돌려 다른 나라 협회장들과 못다 한 얘기를 나누었다.

그 한마디 이후 우리는 다시 벙어리가 되어 자리를 지킬 뿐이었다.

"사람 불러놓고 망부석 취급하네요. 참담하네요."

"미안하네. 한국의 헌터 협회가 힘이 약해서 그렇다네."

"아무리 그래도 그렇지, 우리는 EU의 동맹국인데 동맹국을 이렇게 업신여기는 나라가 어디 있습니까? 최소한의 예의도 없는 놈들입니다."

전쟁이 임박해 정신이 없는 것은 이해가 되지만 그래도 그렇지 지금의 행동들은 정이 가지 않았다.

"모르겠습니다. 우리는 그냥 떨이나 되는 거죠. 우리를 이렇게 무시하고 얼마나 잘 싸우는지 지켜볼 겁니다."

처음 회담에 참석하기 전에는 최대한 그들을 도와 러시아와 맞서 싸울 생각이었다.

상황만 맞는다면 전투부대원들과 함께 러시아 중심부를 칠 생각까지 했다.

하지만 그들의 자신감에 그럴 이유가 사라졌다.

그들의 말처럼 후방만 교란해 줄 생각이다.

그들이 원하는 것이 그것이니 누구보다 깔끔하게 임무를 완수할 생각이다.

"여기 있어봤자 계속 들러리만 되는 것 같기도 하고 이미 회의는 끝이 난 것 같으니 한국으로 돌아가죠."

회의가 끝난 뒤에는 연회가 열렸고 거기서도 우리는 들러리였다.

몇 나라의 협회장들이 인사를 하긴 했지만 대부분의 협회장들이 우리에게 관심조차 주지 않고 있었다.

이런 상황에서 여기에 있을 이유가 없었다.

폴란드에 온 지 몇 시간도 되지 않아 다시 10시간의 비행을 하고 한국으로 돌아왔다.

*　　　　*　　　　*

러시아가 우크라이나를 공격하는 순간이 작전 시작을 알리는 신호탄이다.

EU의 각성자들이 본격적으로 우크라이나에 투입돼 러시아의 몬스터와 각성자와 싸우기 시작했다.

EU에서 우리에게 원한 것은 러시아를 직접 치는 것이 아니라 러시아가 장악하고 있는 베이징 지역을 흔들어달라는 것이었다.

우리는 그 순간을 노려 후방을 어지럽히기만 하면 되는 것이었다.

이미 베이징에는 소수의 인원을 제외하고는 모두 우크라이나를 향해 이동한 상태였다.

사실 굳이 나와 수련생들이 없다고 해도 한국 헌터 협회 각성자들만으로도 충분히 베이징을 흔들어놓을 수 있었다.

하지만 협회장의 간곡한 부탁과 만약의 사태를 대비해 2개의 전투부대와 내가 같이 베이징을 치기로 했다.

$$* \qquad * \qquad *$$

우크라이나의 수도인 키예프는 전과 다른 분위기를 풍기고 있었다.

몬스터 범람이 있은 후 이렇게 많은 사람이 모인 적은 처음이었다.

그것도 일반 사람들이 아니라 모두 각성자들이었다.

EU소속 각성자들의 표정에는 자신감이 가득했다.

그럴 수밖에 없는 것이 미국과 중동 지역에서 생각보다 많은 각성자를 지원해 주었기 때문이다.

키예프 중앙에 만들어진 EU 지휘관 막사에서도 웃음소리가 번져 나왔다.

"미국에서 이렇게 많은 각성자를 지원해 줄 거라고 생각은 하지 못했었습니다. 역시 미국이 할 때는 확실히 하는군요."

"그렇지. 괜히 세계 최강국이라는 말이 나오는 게 아니야."

러시아가 조종하는 몬스터의 숫자가 20만에 육박했고 그들을 상대하기 위해서는 최소 10만의 각성자가 있어야 된다.

EU 연합국들의 각성자를 모두 합쳐야 겨우 10만의 각성자를 채울 수 있었다.

하지만 우크라이나에는 지금 15만이 넘는 각성자가 모였다.

그들이 웃지 않을 이유가 없었다.

10만의 각성자라면 충분히 싸워볼 만하다고 생각하는 그들이었기에 15만의 각성자가 모인 순간 이미 승리를 확신하고 있는 것이었다.

"지금 우크라이나 국경 근처까지 러시아의 군대가 다가왔습니다. 다음 주가 되면 본격적인 전쟁이 시작됩니다. 아무리 우리가 숫자가 유리하다고 해도 방심은 금물입니다."

EU 헌터 협회 회장직을 맡고 있는 헤르난은 미소를 지우고 사뭇 진지하게 회의를 이끌기 시작했다.

"EU 회원국으로만 구성된 1사단이 쇼스타카 지역을 맡고 2사단은 수미 지역을, 그리고 동맹국으로 구성된 3사단이 카리프 지역을 맡는다는 계획은 변하지 않습니다. 다들 부대를 잘 지휘해 주시기 바랍니다."

1사단은 회장인 헤르난이 직접 지휘를 하고 2사단은 부회장인 바로소가, 그리고 3사단은 미국 지원군 대표인 해럴드가 맡게 되었다.

그들의 얼굴에 번진 미소는 오늘 이후로 사라질 것이다.

전쟁에 들어서는 순간 지휘관이 긴장의 끈을 풀어버리면 어떤 일이 생길지 모른다는 것을 망각하고 있는 사람들이었다.

3방향으로 나뉜 연합국 각성자들은 각자 맡은 지역으로 이동해 미리 진을 치고 러시아 대군을 기다렸다.

가장 먼저 전투가 벌어진 곳은 2사단이 있는 수미 지역이었다.

흙먼지가 그들의 앞으로 다가온다.

황사가 부는 것이 아니었다.

수만 마리의 몬스터가 움직이며 만들어내는 흙먼지였다.

오우거를 선봉으로 해서 다가오는 러시아 대군의 위용은 대단했다.

여기 있는 각성자 중에 몬스터 사냥을 해보지 않은 사람은 없다.

하지만 군대처럼 줄을 맞춰 다가오는 몬스터를 상대해 본 적은 없었다.

제식은 행사를 위한 것이 아니다.

상대방의 부대의 사기를 꺾기 위해서도 사용되는 것이다.

군인들처럼 완벽히 각 잡힌 제식은 아니었지만 줄을 맞춰 걷고 있는 것만으로도 2사단 각성자들의 기를 꺾기에 부족하지 않았다.

그런 각성자들의 사기를 다시 채워줘야 하는 의무를 가진 사람은 사단장이다.

바로소는 그런 자신의 의무를 잊지 않고 있었다.

"수십 번은 상대해 왔던 몬스터일 뿐이다. 우리는 두 번의 몬스터 범람도 막아내었다. 모두 자부심을 가져라. 고작 몬스터에 지고 싶어 이곳에 온 것이냐?"

"아닙니다!!"

바로소의 목소리는 대대장과 중대장에 의해 모든 부대원들에게 퍼져 나갔고 모든 부대원들은 크게 소리쳤다.

"승리는 우리 것이다."

"우와아아아아!!!"

본격적인 전면전이 펼쳐졌다. 각성자와 몬스터 간의 전쟁에서 여러 전략은 필요 없다.

아니, 전략을 만들고 행할 시간이 없었다.

15만이라는 각성자가 모인 이 상황에서 다른 전략을 짤 필요성을 못 느낀 지휘관들은 전면전을 할 생각이었고 2사단의 사단장인 바로소도 그들과 같은 마음이었다.

"모두 돌격."

그의 목소리에 5만 명의 연합국 각성자들이 몬스터를 향해 달려갔다.

7만의 몬스터와 5만의 각성자.

아무리 몬스터가 일반 사람보다 훨씬 강한 신체 능력과 육체를 가지고 있다고는 하지만 각성자의 능력을 무시할 수는 없다.

오히려 각성자들이 몬스터보다 더 뛰어난 능력을 가지고 있다고도 할 수 있었다.

몬스터가 서 있는 공간의 땅은 갈라졌고 그 틈을 노려 불덩어리들이 날아왔다.

불구덩이가 잠잠해질 때가 되자 5만의 각성자가 동시에 몬스터를 향해 달려들어 갔다.

이제는 피가 터지고 뼈가 부러지는 전투가 시작된 것이다.

누가 몬스터이고 누가 헌터인지 모르는 전투가 시작되었다.

여기저기서 비명 소리와 폭발음이 들려왔고 서로의 목숨을 끊지 않는 이상 끝이 나지 않는 전투가 막을 올렸다.

2사단이 한창 전투를 벌이고 있는 상황에 다른 사단은 모습을 보이지 않는 몬스터 부대에 애를 태우고 있었다.

특히 가장 먼저 전투를 벌일 것이라고 예상했던 1사단을 지휘하는 헤르난은 초조함에 성인이 되어 끊었던 버릇이 다시 살아났다.

그는 손톱을 잘근잘근 씹으며 대대장들에게 말했다.

"정찰을 제대로 한 게 확실한가? 분명 몬스터 부대가 멀지 않은 곳에 있다고 하지 않았나? 그런데 왜 몬스터의 모습이 보이지 않는 것이냐."

"분명 몬스터 부대를 어젯밤에 확인했습니다."

"그렇다면 왜 몬스터가 보이지 않는 것이냐? 분명 오늘 오전이 되면 도착한다고 하지 않았느냐."

얼마나 세게 손톱을 물어뜯었는지 그의 손톱 사이에서 피가 번져 나오기 시작했다.

"사단장님, 몬스터가 나타났습니다."

"이제야 시작이군."

피가 나는 손톱을 옷으로 대충 문지른 헤르난은 전방으로 나가 몬스터의 모습을 확인했다.

"생각보다 수가 적군. 다른 방향에 몬스터가 더 합류한 것인가?"

최소 7만 이상의 몬스터가 집결할 것이라고 생각했었다.

러시아가 조종하는 몬스터의 수는 20만가량이었고 가장 중요한 요충지인 쇼스타카 지역에서 몬스터 수를 줄일 이유가 없었다.

하지만 지금 보이는 몬스터의 숫자는 고작 1만도 되어 보이지 않았다.

다른 지역으로 몬스터가 더 합류했다면 다른 사단이 몬스터를 상대하기 쉽지 않은 상황일 것이다.

어서 몬스터를 사냥하고 다른 지역으로 사단을 이동시켜야 한다.

"모두 몬스터를 사냥해라. 빠르게 사냥을 마쳐야 한다. 돌격!"

헤르난의 말에 5만의 각성자가 몬스터를 향해 달려들었다.

자신들보다 터무니없이 적은 숫자의 몬스터에 겁을 집어먹을 각성자는 여기에 없었다.

그들은 기운을 이용해 광범위 공격을 할 마음도 없어 보였다.

광범위 공격으로 기운을 빼는 것보다 직접 육탄전을 하여 몬스터를 사냥하는 것이 이득이라고 생각했다.

그들의 생각은 틀리지 않았다.

순식간에 1열의 몬스터들이 쓰러졌다.

자신들보다 많은 숫자의 각성자들에게 도륙을 당한 몬스터들이었다.

2열이 쓰러지는 것은 더 빨랐다.

각성자들이 만든 물결에 몬스터들이 사정없이 밀려 나갔다.

몬스터들은 점점 뒤로 후퇴하고 각성자들은 점점 전진했다.

사정없이 밀린 몬스터를 쫓아 움직이는 각성자들이었기에 이미 본진에서 한참이나 떨어져 나왔다.

뒤로 후퇴하며 각성자와 싸우던 몬스터들이 갑자기 뒤도 돌아보지 않고 도망치기 시작했다.

후퇴를 모르는 오우거마저 뒤뚱뒤뚱 도망갔는데 그 모습을 보고 각성자들은 광소를 내지 않을 수 없었다.

"무슨 몬스터가 저렇게 도망을 가냐? 이러면 우리가 너무 미안해지잖아. 꼭 초등학생 조카를 놀리는 삼촌이 된 거 같잖아."

"으하하하하!"

뒤꽁무니가 빠지게 도망가는 몬스터들을 쫓아가며 각성자들은 웃어제꼈다.

지금의 상황에서 그들이 웃음소리를 낸다고 해서 뭐라고 할 사람은 아무도 없었다.

지이이이잉.

"이상한 느낌 들지 않아? 뭔가 떨리는 것 같은데. 마치 휴대폰 진동처럼 말이야."

"요즘 같은 시대에 휴대폰이 어디 있다고 그러는 거야. 헛소리하지 말고 저기 오우거나 쫓아가. 마지막 목줄을 끊는 사람이 마정석에 대한 지분 70%를 가지는 것은 알고 있지? 네가 안 하면 내가 저 오우거 죽여 버린다."

"그러면 안 되지. 나 이번에 결혼해서 돈이 많이 필요하다고. 저 오우거는 결혼 선물이야."

마정석에 대한 생각으로 벌써부터 흐뭇한 미소를 짓고 있던 그가 갑자기 사라졌다.

그가 있던 장소는 큰 구덩이 하나가 생겨났고 그를 시작으로 해서 많은 각성자가 구멍으로 빨려 들어갔다.

"으아아아! 살려줘! 이렇게 죽기는 싫어!!"

구멍에서 빠져나오기 위해 안간힘을 쓰는 각성자들이었지만 구멍의 흡입력은 대단했고 그들은 속절없이 구멍으로 빨려들어 갔다.

구멍은 한 개만 생긴 것이 아니었다.

각성자들이 모여 있는 곳이라면 구멍이 생겨났다. 그리고 개미지옥의 모습이 구현되었다.

"사단장님. 어서 후퇴 명령을 내려야 됩니다. 이대로 가다가는 각성자들이 모두 사라지고 말 겁니다."

몬스터와의 전투에서 승리했다고 생각했던 헤르난은 갑자기 생겨난 구멍에 정신을 차리지 못하고 있었다. 그가 정신을 차리지 못하고 있는 순간에도 수백 명의 각성자가 구멍으로 빨려들어 가 목숨을 잃었다.

"저 구멍은 도대체 뭐야! 모두 후퇴해라!"

사단장의 명령이 떨어지자 모든 각성자는 황급히 본진으

로 향해 도망쳤고 전세는 역전되었다.

그들을 피해 도망가던 몬스터들이 방향을 바꾸어 각성자들을 사냥하기 시작했다.

이제 포식자의 자리에서 내려와 피식자가 된 각성자들이다.

자신의 뒤를 바짝 쫓아온 몬스터에게서 도망치기 힘들다는 것을 안 각성자들은 몬스터와 맞서 싸우려고 했지만 자신들을 따라온 구멍에 힘을 쓰지 못하였다.

본진에서 너무 멀리 떨어져 있는 상황이었기에 돌아가는 길은 너무 멀었다.

아니, 멀지 않았다고 해서 달라지는 것은 없었다.

몬스터와 개미지옥은 본진에 도착하고도 멈출 기미가 없었다.

전투가 벌어지고 1시간이 지나지 않아 만 명의 각성자의 모습이 사라졌다.

몬스터와 싸우다가 죽은 각성자의 숫자는 많지 않았다.

정체 모를 구멍에 빠져 사라진 각성자가 대부분이었다.

"방법을 찾아야 해. 저 구멍을 없앨 방법을 찾아라."

헤르난은 다급하게 외쳤지만 어느 누구도 명확한 답을 말해주지 못했다.

그들 모두 지금과 같은 상황은 처음 경험해 보는 것이었기 때문이다.

1사단은 본진으로 후퇴하는 데는 성공하긴 했지만 그것이 전부였다.

몬스터들이 접근해 오는 것을 피해 점점 궁지로 몰리고 있었다.

"이제 후퇴할 곳도 없습니다, 사단장님."

자신도 알고 있는 상황을 말하는 부사관의 말에 짜증이 더 치솟은 헤르난은 감정을 숨기지 않고 소리쳤다.

"닥쳐라. 여기서 그걸 모르는 사람이 있나!"

자신의 눈앞에서 사라지는 각성자들은 자신의 피와 살과 같은 존재들이다.

그들을 육성하기 위해 국운 전부를 걸었다.

모든 지원을 아끼지 않고 그들을 육성했기에 2번의 몬스터 범람을 막을 수 있었다.

그들은 연합국의 희망이었다.

희망이 죽어가고 있는 모습을 차마 지켜볼 수 없어 고개를 돌리는 헤르난이다.

절반의 각성자가 죽었다.

손에서 피가 솟구친다.

손톱을 너무 강하게 깨물어 손톱이 터져 나갔다.

하지만 그런 것은 중요하지 않았다.

지금의 상황이 꿈이었으면 좋겠다는 생각만 할 수밖에 없는 그였다.

"사단장님. 몬스터들이 움직임을 멈추었습니다."

절반의 각성자가 사라지고 나머지 절반의 각성자들도 두려움에 떨고 있는 상황에서 몬스터들이 멈추었다. 그 이유를 알지 못하는 헤르난은 당황했다.

자신의 피와 살이 더 잘려 나가지 않는 것이 다행이긴 했지만 몬스터들이 멈춘 데는 이유가 있을 것이다.

"우우우우우우~"

몬스터들이 소리쳤다.

마치 늑대의 하울링처럼 공명음을 내는 몬스터들이다.

몬스터가 갈라졌다.

갈라진 틈으로 한 대의 마차가 들어온다.

지금의 상황에 마차는 어울리지 않았지만 위화감이 없었다.

"몬스터의 신이라도 강림한 것인가?"

헤르난과 부대원들은 아무런 생각도 하지 못한 채 마차만을 하염없이 바라보고 있었다.

*   *   *

유럽연합국과 러시아의 전투가 임박했고 나와 헌터 협회 헌터들은 움직여야 했다.

헌터 협회는 소속 각성자들을 소집했고 그 숫자는 5천에 달했다.

현재 한국에 있는 각성자의 수는 1만에 달했지만 절반만이 소집에 응했다.

헌터 협회의 인망이 몬스터 범람 이전보다 많이 떨어졌기 때문에 그들의 말에 힘이 없었다.

그래도 5천이라는 수는 적지 않았다.

러시아의 목표는, 아니, 블라디미르의 목표는 인간 청소였다.

인간을 죽여야 그의 힘이 강해지고 그는 땅에 대한 욕심은 없다.

당연히 한바탕 청소를 끝낸 중국에 많은 인원을 배치할 이유는 없었다.

헌터 협회의 5천과 수련생 5백이면 베이징에 있는 러시아 쪽 인원들을 충분히 흔들어놓고도 남는 숫자였다.

우리는 베이징으로 가기 전에 선양시를 1차 목표로 삼았다.

베이징을 공략하기 위해서는 중간 거점이 필요했다.

선양시는 무주공산이었다.

이동하는 데 걸린 시간에 비해 전투는 너무도 빨리 끝이 났다.

고작 1천에 불과한 몬스터와 100명의 각성자만이 있는 선양시를 공략하는 것은 너무도 쉬운 일이었다.

러시아 각성자들은 우리를 보는 순간 혼비백산하여 도망 갔지만 몬스터들은 우직하게 우리를 막았다.

몬스터들에게 시선을 뺏겨 러시아 각성자들을 잡지 못했 지만 일차 목표였던 선양시를 거점으로 삼을 수 있었다.

선양시를 임시 거점으로 만들고 장기간의 행군에 지친 몸 에 휴식을 주기 위해 천막을 세워 몸을 녹였다.

"헌터 협회 놈들 우리랑 기 싸움이라도 하고 싶어 하는 것 같은데, 용택아?"

"그러게 말입니다. 우리 숫자가 적어 보이니 만만하게 보 는 것 같네요."

"그래도 그게 아니지. 레벨이 다른데 말이야. 지들 5천이 달려들어도 우리 5백을 이기지 못한다는 걸 모르는 건가 봐."

헌터 협회에 소속된 각성자 중에 A급 헌터는 100명도 되지 않는다.

SS급 헌터는 한 명도 없다.

아무리 숫자가 많다고 해도 최소 A급 헌터 급의 능력을 가 지고 있는 우리 전투부대원들이 그들을 상대로 질 리는 없었 다.

같은 편인 우리가 싸울 이유는 없긴 하지만 그래도 무시받 게 하고 싶지는 않았다.

"제 선에서 정리하겠습니다."

추수는 조용히 막사를 나갔다.

추수는 평소 조용한 성격과 하얀 피부 때문에 언뜻 보면 학사처럼 보였다.

하지만 전투에 임했을 때 그의 손속에는 자비가 없었다.

"그래도 너무 손을 과하게 쓰면 안 되는데."

사장의 걱정은 현실이 되었다.

추수가 막사를 나간 지 얼마 되지 않아 비명 소리가 터져 나왔다.

"추수한테 많은 걸 바라시네요."

마교인이었던 추수에게 자비를 바라는 것은 무리였다.

선양시를 시작으로 베이징으로 가는 길목에 위치한 도시들을 청소했다.

각 도시에는 천도 되지 않는 몬스터들과 소수의 각성자만이 자리를 지키고 있었기에 아무런 피해를 입지 않고 전진할 수 있었다.

"이제 베이징이 코앞이네."

"그렇네요. 베이징에 들어가서는 조금 긴장하세요. 러시아 놈들도 귀가 있으면 우리가 진군해 온다는 것을 알 테고 주변 도시 몬스터와 각성자들이 베이징에 몰려 있을 겁니다."

"그래 봐야 지휘관도 없는 놈들인데 싸울 의사나 있겠냐? 아마 우리를 보는 순간 각성자들은 도망가고 몬스터들만 남아 있을 건데. 몬스터는 몇천이든 몇만이든 안 무섭다."

중국 전역에 있는 러시아 소속 몬스터를 합쳐도 만이 안 되는 걸 알면서도 허세성 말을 뱉는 사장이다.

하지만 그의 말이 틀리지는 않았다.

나와 전투부대만 있다면 시간은 조금 걸리긴 하겠지만 몇만의 몬스터를 상대할 수 있는 것이 사실이다.

물론 피해를 감수하긴 해야 하지만 그래도 이길 수 있다.

우리의 임무는 단지 중국을 흔드는 것이다.

여기서 단 한 명의 전투부대원도 잃고 싶지 않았다.

지금은 전초전일 뿐이다.

전초전에서 최대한 힘을 비축해야 한다.

베이징에 올 때마다 너무도 바뀐 모습에 적응이 되지 않는다.

나는 처음 왔을 때 베이징의 웅장한 마천루의 모습에 감탄을 질렀고 두 번째 왔을 때는 몬스터가 도로를 청소하고 있는 광경에 신기함을 느꼈다.

지금은 죽음의 도시로 변한 베이징에 동정심이 들었다.

한 나라의 수도였던 곳이 현재는 폐허가 되어 있었다.

온갖 오물들이 도로 곳곳을 더럽혔고 온전한 건물이 하나도 보이지 않았다.

사람의 흔적조차 찾아보기 힘든 그곳에 몬스터만이 우리

를 기다리고 있었다.

"그것 봐. 각성자들은 다 도망가고 없을 거라고 했지."

사장의 말처럼 러시아 각성자의 모습은 한 명도 보이지 않았다.

이미 본국으로 도망을 갔는지 아니면 유럽에 있는 본대에 합류를 했는지는 몰라도 여기에는 러시아 각성자는 없었다.

하지만 몬스터의 숫자는 확실히 이전의 도시보다 많긴 했다.

"몬스터는 7~8천 마리 정도는 되어 보이네요."

"그 정도 몬스터는 돼야 몸이라도 풀지. 요즘 몸이 뻐근해서 운동이 필요했는데 잘됐지 뭐."

사장과 추수를 필두로 수련생들이 몬스터에게 달려들었고 그 뒤를 헌터 협회 헌터들이 따라붙었다.

7천 마리의 몬스터를 향해 5천5백의 헌터가 달려든다.

암소 한 마리를 사냥하기 위해 사자 무리가 움직이는 것과 다르지 않았다.

일방적인 학살.

그들은 보통 몬스터도 아니고 이지를 잃은 몬스터들이었기에 헌터들의 손쉬운 먹잇감일 뿐이었다.

굳이 내가 움직일 필요도 없었다.

그래도 나는 최소한의 피해도 입지 않기 위해 몬스터가 많은 장소에 칼날을 날렸고 칼날이 지나간 자리에는 수십 개의 몬스터 목이 떨어져 나뒹굴었다.

몇 시간도 걸리지 않아 베이징에 있는 몬스터들을 사냥할 수 있었고 우리의 임무는 끝이 났다.

이곳에서 정보를 얻을 수 없었기에 러시아와 유럽연합국의 전쟁이 어떻게 진행되고 있는지는 모르지만 유럽연합국이 밀리고 있을 것이 분명했다.

블라디미르는 얕잡아 볼 상대가 아니었다.

제4장
죽음의 신

PURE BRED HUNTER

헤르난은 눈을 깜빡이지도 못했다.

몬스터들이 고개를 숙여 마차에 예의를 표하는 모습은 진기한 광경이었다.

그 장면에 헤르난은 넋이 나갔다.

마차의 문이 열린다.

작은 체구의 사내가 마차에서 내린다.

그는 순백의 눈처럼 하얀 피부를 가지고 있다.

러시아 특유의 강대한 체구를 가지고 있지 않은 그에게 러시아 각성자들과 몬스터들이 무릎을 꿇었다.

헤르난은 저 사내가 러시아의 왕으로 군림하고 있는 블라디미르라는 것을 어렵지 않게 생각해 낼 수 있었다.

하지만 저런 체구의 사내가 이 전쟁을 시작한 사람이라고 는 믿기지 않았다.

선하게 생긴 인상이다.

벌레 한 마리도 죽이지 못할 것 같은 얼굴을 하고 있는 그 가 정말 몬스터를 조종하며 중국을 잡아먹고 유럽까지 잡아 먹으려는 사내란 말인가.

"네가 유럽연합국의 헤르난인가? 나를 직접 마중 나왔나 보구나. 그 마음을 생각해 특별히 고통 없이 죽여주마."

"내가 왜 너 따위 놈에게 죽는단 말이냐. 허튼소리 하지 마 라."

작은 체구를 가진 블라디미르를 보아서 자신감이 생긴 건 지 헤르난은 두려움을 떨쳐 내고 호통을 쳤다. 이미 몬스터와 개미지옥을 까맣게 잊은 듯했다.

"인간이 죽기 전에 보이는 반응은 두 개로 압축할 수 있지. 하나는 살려달라고 비는 것과 다른 하나는 허세를 부리는 거 지. 너는 허세를 부리는구나. 상황을 직시해라. 너희가 우리 를 이길 수 있다고 생각하는 건가? 괜한 허세로 인해 너의 수 하들이 죽어도 상관이 없다는 뜻으로 받아들여도 되겠나?"

헤르난과 블라디미르 사이에 수십 개의 구멍이 생겨났다.

유럽연합국의 각성자들을 괴롭혔던 개미지옥이다.

그 개미지옥에서 더러운 벌레들이 기어 올라오기 시작했다.

애벌레라고 하기에는 날카로운 이빨을 가지고 있었다.

구멍 하나에 수만 마리의 벌레들이 기어 올라왔다.

이 벌레들이 각성자들을 잡아먹는 개미지옥의 정체였다.

"이 벌레들이 무엇인지 아는가? 가죽이 질기기로 유명한 트롤도 1분이면 분해시키는 벌레들이지. 이 작은 이빨은 어떤 칼보다 날카롭지. 난 이 벌레들을 너무도 좋아한다네. 근데 벌레들이 식욕이 너무 왕성해 하루에도 몇 번이나 식사를 주지 않으면 배고프다고 아우성을 친다네. 지금도 배고프다고 소리를 치는구나."

징그러운 벌레들이 한 마리도 아니고 수십만 마리가 동시에 몸뚱이를 흔들고 있다.

아무리 비위가 강한 사람이라고 해도 헛구역을 하지 않을 수 없었다.

"이제 그만 죽어주겠나?"

벌레들이 구멍을 벗어나 헤르난과 1사단을 향해 다가가기 시작했다.

이미 주위는 몬스터들과 각성자들이 진을 치고 그들을 포위하고 있었다.

도망갈 곳이라고는 보이지 않았다.

"아니, 인간이 어떻게 이렇게 잔인해질 수 있단 말이냐? 몬스터를 대항해 같이 싸워도 모자란 이때에 어떻게 이런 행동을 한단 말이냐!"

벌레의 모습이 헤르난을 이전의 모습으로 돌려놓았다. 두려움에 떨고 있는 그의 모습으로.

"인간은 무조건 인간의 편에 서서 살아야 하는가? 나는 그러고 싶지 않다네. 나는 몬스터의 편에 서서 인간을 죽이는 것이 더 즐겁다네."

벌레들이 움직이는 속도는 생각보다 빨랐다.

어느새 1사단의 코앞까지 벌레들이 다가왔고 그 징그러운 모습을 눈앞에서 지켜보는 연합국의 각성자들의 눈과 몸이 떨려왔다.

"항복하겠네. 나를 죽이더라도 연합국의 병사들은 살려주게나."

승산이 없다는 것을 이제야 깨달은 그는 자신의 목숨을 담보로 병사들을 살리려고 했다.

"너의 목이 그런 가치가 있는지 모르겠군. 너의 목을 친다고 해서 내가 이득이 되는 것이 하나라도 있는가?"

협상은 결렬이었다.

구입자가 물건을 마음에 들어 하지 않는다.

판매자는 물건을 최대한 홍보해야 한다.

구입자가 사고 싶은 마음이 들게끔 만들어야 한다.

"앞으로 당신의 군사가 되겠습니다. 제발 부대원들을 살려주십시오."

그의 말투가 정중하게 바뀌었다. 러시아의 앞잡이가 되더라도 자신의 부대원들을 살리고 싶어 하는 헤르난이었다.

"수하들은 충분하다. 너 같은 수하는 딱히 필요하지 않구나."

판매자의 노력이 수포로 돌아갔다.

이제 남은 것은 폐기 처분뿐이다.

벌레들과 몬스터들이 날뛴다.

연합국의 각성자들은 벌레와 몬스터를 피해 사방으로 피했지만 도망갈 구멍은 하나도 없어 보였다.

그들은 배고픔을 호소하는 벌레들의 한 끼 식사가 되었다.

각성자 한 명의 몸에 수천 마리의 벌레가 달라붙는다.

그 벌레들은 살을 파고 들어가 혈관을 따라 움직인다.

내장을 파먹고 골수를 뽑아 먹는다.

벌레 한 마리가 위치를 잘못 찾았는지 각성자의 눈으로 빠져나왔고 다시 콧구멍을 통해 얼굴 안으로 들어간다.

내장이 생으로 뜯겨 나가는 고통을 참지 못하고 각성자들은 바닥을 뒹굴었고 스스로 목숨을 끊는 각성자의 모습도 심심찮게 볼 수 있었다.

한 명의 각성자가 구멍 난 해골로 변하기까지 1분도 소요되지 않았다.

벌레들의 먹성이 얼마나 좋은지 한 명의 각성자를 다 파먹어도 배가 차지 않는 듯 곧장 다른 각성자에게 달려들었다.

벌레들의 식사가 끝나기까지는 하루가 걸렸고 블라디미르는 그 모습을 빠짐없이 지켜보았다.

"이제 카리프 지역으로 이동하자. 전투가 끝나면 항상 허무함이 찾아오는구나. 어서 다른 전투를 벌여야겠어."

5만이 쇼스타카 지역에서 목숨을 잃었다. 죽음의 냄새가 쇼스타카 지역을 오염시켰다.

모든 사람이 코를 막고 숨을 멈춰야 했지만 단 한 명 블라디미르만이 기분 좋게 숨을 들이마셨다.

죽음의 향기가 그를 더 강하게 만든다.

5만의 죽음이 그의 능력을 한 단계 높여주는 계기가 되었다.

러시아를 출발하기 전만 해도 불과 10만의 몬스터만 겨우 조종을 할 수 있었던 그였다.

하지만 중국 전역에서 벌어진 전투에서 그의 힘은 점점 강해졌고 우크라이나에 도착했을 때에는 20만의 몬스터를 조종할 수 있었다.

몬스터는 무한하다.

몬스터 도어에 들어가 기운을 개방하기만 해도 주변의 몬스터들이 그를 따라 인간 세계로 넘어온다.

수가 줄어들면 다시 채우면 그만이었다.

5만이 죽으면서 그의 힘은 더욱 강해졌고 블라디미르는 가까운 몬스터 도어로 들어가 1만의 몬스터를 데리고 나왔다.

그는 여기서 멈추고 싶지 않았다.

전투가 끝이 나면 그를 행복하게 해주는 전투의 향기가 사라진다.

그 향기는 강한 중독성이 있다.

향기에 중독된 그는 전투를 찾아 움직였다.

그가 향하는 곳은 3사단이 있는 카리프 지역이었다.

벌써부터 그곳에서 죽음의 사신이 찾아와 마중을 나와 있었다.

*   *   *

베이징을 장악하고도 시간이 남아 시안시까지 청소를 마쳤다.

전투부대원뿐만 아니라 헌터 협회 소속 헌터들까지 지겨움에 몸부림쳤다.

며칠을 이동해 겨우 만난 몬스터의 숫자가 1천이 넘어가지 않는 경우가 부지기수였다.

너무 쉬운 전투만을 계속해 왔기 때문에 몬스터에게 겁을 집어먹는 헌터는 아무도 없었다.

이제는 몬스터를 장난감으로 보는 사람들도 생겨났다.

"이 정도 했으면 중국 흔들어놓는 임무를 마친 거 아냐? 우리 이제 돌아가도 되지 않아?"

사장의 말이 틀리지 않았다. 유럽연합에서 우리에게 원한 이상을 해주었다.

그렇다고 해서 이대로 돌아갈 수는 없다. 러시아의 공세를 유럽연합에서 막아낸다는 보장이 없었다.

최고의 시나리오는 유럽연합국이 러시아의 공격을 막아내고 블라디미르를 죽이는 거겠지만 그럴 가능성이 높지 않다는 걸 알고 있었다.

그들의 숫자를 최대한 줄여주는 것만으로도 만족이었다.

하늘에서 매 한 마리가 빠른 속도로 날아와 막사 위를 날아다니고 있다.

매는 원을 몇 바퀴 그러고는 추수의 손목에 안착했다.

추수는 매의 발에 달린 서신을 뜯어 확인하고는 급히 막사 안으로 들어갔다.

"교관님. 지금 러시아의 군대가 유럽연합국과의 전투에서 크게 승리했다고 합니다. 유럽연합국의 1사단의 생존자는 전무하다고 합니다. 연합국의 회장이었던 헤르난은 목숨을 잃었고 그 기세를 살려 3사단이 있는 카리프로 이동하고 있다고 합니다."

추수를 따르는 마교인 대부분이 한국으로 넘어왔지만 전투 부대가 아닌 인원들은 아직도 마교에 남아 있었고 그들은 중국의 정보를 추수에게 전해주고는 했다.

러시아의 전쟁에서 숨어 지내던 마교인들은 그들을 피해 사방으로 흩어졌고 그중 여러 명이 중국을 떠나 유럽으로 이주했는데 그들이 전쟁에 관한 정보를 전해왔다.

매가 아무리 빠르게 난다고 해도 우크라이나에서 이곳까지 오기 위해서는 상당한 시간이 필요하다.

지금이면 유럽연합국이 러시아의 손으로 떨어졌을지도 모른다.

유럽연합국의 힘을 너무도 믿었다.

최소 우리가 도착할 때까지는 버틸 줄 알았다.

그들의 오만함에 적극적으로 도움을 주지 않은 것이 후회되었다.

"제가 먼저 우크라이나로 넘어가 있겠습니다. 사장님과 추수는 헌터 협회와 합세해 우크라이나로 넘어오세요."

그들은 한국으로 돌아가는 것이 나을지도 모른다.

만약 유럽연합국이 완전히 패망했다면 이미 우크라이나는 러시아의 손으로 넘어가고 그곳은 적진 한복판이 되어 있을 것이다.

하지만 그들의 도움이 필요하다.

전투부대의 도움 없이는 러시아의 대군을 상대하기가 버거웠다.

무리수가 될 수도 있지만 그래도 우크라이나를 향해 움직여야 한다.

시간이 없다.

유럽연합국의 각성자들이 한 명이라도 더 살아 있을 때 그들과 힘을 합쳐야 한다.

*　　　*　　　*

유럽연합국의 2사단은 1사단이 전멸했다는 소식을 듣고는 수미 지역에서 벗어나 3사단이 있는 카리프 쪽으로 이동했다.

러시아의 대군과 직접적인 격돌을 피한 것은 전적으로 연합국 부회장이며 2사단 사단장을 맡고 있는 바로소의 결정이었고 그 결정은 연합국의 전멸을 피하게 해주었다.

3사단의 사정도 다르지 않았다.

1사단을 전멸시키고 자신들에게 다가오는 러시아의 대군과 싸우기보다는 2사단과 합류해 진형을 재정비하고자 했고 그들은 용케 러시아의 군대를 피해 합류할 수 있었다.

"이대로 가다가는 우리도 전멸을 면하기 힘듭니다. 1사단이 전멸하는 데 하루가 걸리지 않았다고 합니다. 1사단이 있던 곳은 구멍 뚫린 해골들만 가득하고요. 그것이 무엇을 의미하겠습니까? 우리들의 전력으로는 그들을 막을 수 없다는 뜻이지 않겠습니까."

"그렇지만 이대로 후퇴를 한다고 해서 답이 나오는 게 아니지 않습니까. 이미 연합국의 모든 각성자가 모인 상황입니다. 지원병은 없습니다."

"그렇다고 해서 앉아서 가만히 죽음을 기다릴 수는 없습니다."

"왜 가만히 앉아서 죽음을 기다립니까. 맞서 싸우면 되지 않습니까. 그들이 아무리 1사단을 전멸시켰다고 해도 우리는 10만의 대군을 가지고 있습니다. 그것도 모두 각성자로 구성된 대군을 말입니다."

"1사단도 5만의 대군이었습니다. 하지만 지금 그들은 어떻게 되었습니까? 백골로 변해 땅으로 돌아갔습니다. 10만이라고 해도 절대 유리하지 않습니다. 폴란드로 돌아가 재정비를 해야 합니다."

2사단장인 바로소는 후퇴하기를 원했고 3사단장인 해럴드는 맞서 싸우기를 원했다.

3사단이 카리프를 벗어나 2사단과 합류한 이유는 전투가 무서워서가 아니라 유리한 전투를 하고 싶었기 때문이다.

미국인인 해럴드는 전투를 좋아했다.

만약 2사단이 자신들과 합류를 원한다고 하지 않았다면 진작에 러시아의 군사와 싸움을 벌였을지도 모른다.

"이번만 제 말을 들어주십시오."

유럽연합국의 부회장인 바로소의 부탁이다.

동맹국의 자격으로 여기에 온 해럴드는 그의 말을 들을 수밖에 없는 입장이다.

그는 못마땅한 얼굴을 했지만 결국에 바로소의 부탁을 받아들였다.

"알겠습니다. 그러면 폴란드로 돌아가 재정비를 하고 그곳에서 러시아와 전투를 벌이는 것으로 하겠습니다."

1사단이 어떻게 당했는지 보지 못한 해럴드였기에 두려움이 없었다.

10만이라는 숫자의 각성자가 모인 적은 없었고 그 각성자를 지휘하는 해럴드는 자신감이 가득했다. 1사단의 전멸은 지휘자가 무능해서라고 생각하는 그였다.

"그러면 날이 밝는 대로 폴란드로 돌아가도록 하겠습니다."

폴란드로 돌아가는 그들의 발걸음은 무거웠다.

제대로 된 전투 한 번 벌이지 못하고 회군하는 것이었기에 먼 길을 행군한 것뿐이었다.

그들은 알지 못했다.

러시아의 힘을. 그리고 블라디미르의 능력을.

폴란드로 돌아오는 동안에도 러시아의 진군은 멈추지 않았다.

연합국의 군대가 빠져나간 우크라이나는 러시아의 몬스터

군대를 막아낼 방법이 없었고 도시는 파괴되고 사람들은 죽어나갔다.

거기서 멈추지 않고 러시아 군대는 우크라이나 전역을 돌며 사람들을 학살했다.

"부족해. 숨어 있는 사람들을 죽이는 것은 너무 비효율적이다. 제대로 된 전쟁을 하고 싶구나."

블라디미르는 장난감을 뺏긴 아이의 표정을 하고 있었다.

3사단을 잡아먹을 생각으로 카리프까지 왔건만 그를 기다리고 있는 것은 부서진 도시뿐이었다.

블라디미르는 그들을 따라가지 않고 도시의 남은 사람들을 학살했다.

죽음의 향기를 맡고 싶었기 때문이다.

너무도 강한 중독성을 가지고 있는 죽음의 향기였기에 하루도 거르지 못한다.

소수의 사람이라도 죽여 향기를 맡아야 한다.

그랬기에 연합국이 도망갈 시간이 생겼다.

블라디미르는 우크라이나를 유린하고 벨라루스로 향했다.

연합국이 폴란드에 있다는 것을 알고 있었지만 거기까지 가는 길은 너무 멀었다.

죽음의 향기를 맡기 위해서는 가장 가까운 나라를 침공해야 한다.

그는 벨라루스를 거쳐 폴란드로 갈 계획을 세웠다.

죽음의 향기를 충분히 맡지 않은 그의 몸은 벌겋게 달아오른다.

달아오른 몸을 진정시키기 위해서는 힘을 써야 한다.

그가 힘을 쓰는 곳이 전장이 아니라 침대 위가 되었다.

제대로 된 전쟁을 벌이지 못하면 그를 위로하기 위해 여자 각성자들이 밤사이 고생을 했다.

낮에는 사람들의 비명 소리가, 밤에는 여자들의 신음 소리가 그를 따라다녔다.

러시아의 군대가 폴란드에 도착하는 것은 그렇게 오래 걸리지는 않았다.

연합국은 블라디미르가 벨라루스를 경유해 온다는 정보를 알아내었고 재정비할 충분한 시간을 벌었다.

그들은 급하게 연합국과 동맹국에게 지원 요청을 했다.

하지만 시간이 부족했다.

운송 수단이 부족한 각국의 사정으로 인해 지원병들이 도착하기까지 오랜 시간이 필요했다.

러시아의 대군이 먼저 폴란드에 도착하지 않기만을 기도할 뿐이었다.

"벨라루스를 최단 거리로 뚫고 폴란드로 러시아의 군대가 오고 있습니다. 이렇게 가만히 있을 생각입니까?"

호전적인 성격을 버리지 못한 해럴드가 테이블을 두드리

며 바로소를 압박했다.

해럴드의 생각으로는 그들의 공격을 방어하기보다 먼저 선공을 취하는 게 유리하다고 판단했다.

이렇게 가만히 지원병을 기다리고 있는 바로소의 결정이 너무도 답답하게 느껴졌다.

"아직은 이릅니다. 최대한 지원병을 받고 전쟁을 벌여도 늦지 않습니다. 지금의 부대로 러시아의 몬스터 대군을 상대해 이길 가능성이 높지 않습니다."

"그 가능성을 누가 내는 겁니까? 전투도 제대로 해보지 않았는데 가능성을 운운한다는 게 말이나 되는 겁니까?"

이미 1사단이 어떻게 러시아 대군에 전멸당했는지 조사를 마친 연합국이었고 바로소의 판단은 필패였다. 지금의 전력으로는 러시아와 싸워 이길 가능성이 없다고 생각하는 그였고 그의 판단은 정확했다.

하지만 전투에 미친 해럴드가 자꾸 그를 괴롭혔다.

연합국의 회장이 무능력하다고 입버릇처럼 말하는 그가 차라리 죽어버렸으면 좋겠다고까지 생각하는 그였다.

바로소가 보기에는 헤르난보다 해럴드가 더 무능하게 보였다.

상황을 제대로 이해도 하지 않고 무작정 전투를 하려고만 하는 그를 오로지 등급이 높다고 지휘관으로 뽑아 보낸 미국을 원망하기까지 했다.

하루가 멀다 하고 찾아와 헛소리를 내뱉는 그의 목을 조르고 싶었지만 차마 실행하지는 못하는 바로소였고 해럴드는 러시아의 대군이 폴란드 근처에 도착해서야 바로소를 괴롭히지 않았다.

"러시아의 대군이 이미 폴란드 국경에 도착했습니다. 아직 지원병이 도착하려면 일주일은 더 기다려야 하는데 여기서 러시아의 대군을 맞는 것은 자살 행위라는 것을 잘 알고 계시겠죠."

이번에는 해럴드의 말이 맞았다.

어쩔 수 없는 상황이 찾아왔다.

바로소는 지원병이 러시아의 군대보다 먼저 도착하기를 원했지만 러시아의 진군 속도가 더 빨랐다.

이제는 해럴드가 주장하는 대로 국경으로 나가 러시아 군대와 싸워야 한다.

도시 안에서 전쟁을 벌이는 것은 좋지 않았다.

"알겠습니다. 이제 더는 기다리지 못할 것 같습니다. 2사단과 3사단은 비알리스토크로 이동해 러시아와 전쟁을 시작하도록 하겠습니다."

"진작 그랬어야죠. 어차피 이 인원으로 싸울 거였으면 왜 이리 시간을 끄셨는지 모르겠습니다."

마지막까지 속을 긁는 말을 하고 막사를 떠나는 해럴드였다.

연합국의 병력은 비알리스토크로 이동했다.

우크라이나에서 폴란드로 들어오기 위해서는 이곳을 지나가야 하고 연합국과 러시아의 최후의 전쟁이 벌어질 장소로 이곳만큼 좋은 곳은 없었다.

연합국 군대는 러시아의 군대보다 한발 빨리 도착했고 유리한 지점을 미리 선점했다.

이곳에서마저 밀리면 유럽연합국의 미래는 불 보듯 뻔했다.

중국의 전철을 밟게 되는 것이다.

그것을 잘 알고 있는 바로소였기에 몇 번이나 지도를 보며 병력을 배치했지만 뚜렷한 방법은 보이지 않았다.

그에 비해 해럴드는 어서 전장으로 뛰어나가고 싶은지 자리에 앉지 못하고 어깨를 돌리며 몸을 들썩이고 있었다.

바로소는 머리가 뭉텅 빠질 정도로 고민을 했고 최상의 지점을 선점한 상태에서 러시아의 군대를 맞이할 수 있었다.

"그럼 무운을 빕니다."

해럴드는 지휘관 막사를 벗어나 자신의 사단이 있는 곳으로 이동했다.

그는 바로소처럼 머리를 쓰고 싶지 않았다.

건강한 몸을 두고 머리를 쓰는 일은 불필요하다고 항상 생각하는 그였고 지금도 그 생각을 바꾸지 않고 있었다.

"전군 돌격하라."

그의 명령은 3사단 모든 인원에게 퍼져 나갔고 그들은 명령에 따라 몬스터를 향해 돌격해 들어갔다.

러시아의 몬스터 군대의 수는 고작 3만도 되지 않아 보였다.

이런 숫자의 몬스터를 겁내고 몸을 움츠리는 바로소가 도저히 이해가 가지 않았다.

"몬스터의 목을 따는 사람에게 마정석을 주겠다. 모두들 몬스터의 목을 따라."

해럴드는 머리가 나쁠지는 몰라도 전쟁을 하는 법은 알고 있었다.

병사들의 사기를 키우기 위해서는 성과금을 지급하면 된다. 마정석은 그들의 이성을 마비시킬 정도의 값어치가 있다.

3사단의 각성자들은 몬스터에게 득달같이 달려들었다.

전투는 해럴드의 생각대로 진행되고 있었다.

사기가 잔뜩 오른 각성자들은 몬스터의 숫자를 빠르게 줄이고 있었다.

하지만 그는 3사단을 향해 천천히 다가오는 구멍에 대해서 모르고 있었다.

1사단을 백골로 만들었던 개미지옥이 다시금 모습을 드러냈다.

20개에 불과했던 구멍의 숫자는 배는 늘어나 있었고 배고픈 벌레들이 내는 소리가 땅속을 울리고 있었다.

＊　　　＊　　　＊

"모두 후퇴하라. 구멍을 피해 최대한 후퇴해!"

해럴드의 외침이 전장을 울린다.

불과 1시간 전만 해도 병사들을 독려하던 그였지만 이제는
죽어가는 병사들을 후퇴시키기에 여념이 없다.

1사단이 그랬던 것처럼 3사단의 각성자들도 개미지옥으로
빨려들어 갔다.

처음 구멍이 생겨났을 때만 해도 3사단의 그 누구도 신경
을 쓰지 않았다.

걸어 다니는 마정석 보관함을 잡기 위해 칼을 들어 올려 보
관함을 열려고만 했던 그들이었기에 주변을 살필 여유가 없
었다.

몬스터 한 마리의 숨통을 끊기만 해도 엄청난 보너스가 들
어온다.

자신의 사단장이 다혈질이긴 하지만 약속을 어기는 사람
은 아니라는 것을 알고 있던 부대원들이 몬스터 사냥에 신경
을 집중했기 때문에 자신의 발밑까지 다가온 구멍에 속수무
책으로 빨려들어 갔다.

40여 개의 구멍이 3사단의 병력들을 무자비하게 빨아들

였다.

개미지옥이 지나가는 자리에는 아무것도 남아 있지 않았다.

해골마저 땅속에 묻혀 버렸고 각성자들의 시체를 찾아볼 수도 없다.

점점 줄어드는 병력에 입술이 바짝 타들어가는 해럴드는 자신이 해줄 수 있는 일이 없다는 자괴감에 미쳐 가고 있다.

본진으로 복귀한 각성자의 수는 3만에 불과했다.

짧은 전투 시간임을 감안했을 때 2만의 각성자를 잃은 것은 너무도 큰 타격이었다.

이미 3사단의 각성자들은 전투 의지를 뺏겨 버렸다.

구멍을 대처할 방법이 없었다.

차라리 강한 몬스터가 나타났다면 상대해 볼 마음이라도 먹겠지만 저 개미지옥은 모든 것을 빨아들였다.

불덩어리를 쏘아봐도, 물로 구멍을 막아봐도 소용이 없었다.

그들은 뒤로 후퇴하는 것 말고는 다른 방법이 없었다.

3사단이 당하고 있는 모습을 본 바로소는 2사단의 각성자들을 급히 뒤로 후퇴시켰다.

지금의 상황에서 유리한 고지를 점령하고 있다는 것은 아무런 의미도 없다고 판단한 그였다.

2사단과 3사단은 다시 합류했다.

아직 8만의 각성자가 있다.

"사단장님, 주변에 몬스터들이 출현했습니다."

개미지옥을 피해 후퇴를 계속하던 그들에게 비보가 울려 퍼졌다.

개미지옥도 버거운 상황에서 수십만 마리의 몬스터가 모습을 드러내었다.

그들은 연합국을 포위하고 있었다.

천천히 그리고 느긋하게 자신들에게 다가오는 몬스터의 모습에 그들은 마지막 남은 의지마저 꺾여 버렸다.

이제는 후퇴할 곳도 없다.

사방 어디를 봐도 몬스터의 모습이 보인다.

그들은 자리에 멈추어 서서 사신의 낫을 기다리고 있었다.

몬스터들이 길을 연다.

그리고 그 길을 통해 마차 한 대가 들어온다.

블라디미르가 다시 모습을 드러낸 것이다.

그는 연합국의 앞까지 다가와서야 마차에서 내렸다.

"도망 다니느라 고생했어. 찾느라고 고생을 조금 했답니다. 우크라이나에서 우리와 싸웠으면 서로 고생을 하지 않고 얼마나 좋았을까."

블라디미르는 조만간 맛볼 죽음의 향기가 기대되는 건지 몸을 부르르 떨었다.

"네가 러시아의 수장이냐?"

해럴드는 자신의 분노 모두를 담아 블라디미르를 쳐다보았다.

"러시아의 수장? 조만간 세계의 왕이 될 사람한테 말이 너무 짧구나. 나를 경배해라. 죽음의 신인 나의 앞에 무릎을 꿇거라. 내가 편안한 죽음을 선물해 주겠다."

블라디미르는 두 팔을 벌려 하늘로 치켜올렸다. 이미 그는 자신이 신이라고 생각하고 있었다. 몬스터를 조종하고 죽음을 관장하는 그는 일반 사람들이 보기에는 신과 다름없는 능력을 가지고 있기도 했다.

"헛소리하지 마라. 인간이 어찌 신이 된단 말인가. 죽어라!"

해럴드는 분노를 참지 못하고 블라디미르를 향해 달려들었다. 저토록 연약해 보이는 사내가 자신을 핍박하고 있다는 사실이 믿기지 않는 그였다.

"으아아아, 죽어라!"

해럴드가 블라디미르에게 달려드는데도 몬스터들은 움직이지 않았다.

멈춰져 있는 구멍도 그를 보호할 생각이 없는 것 같다.

그만 죽인다면 전쟁의 판도는 달라진다.

지금이 최고의 기회였다.

해럴드는 블라디미르의 지척까지 다가갔다.

무방비 상태로 있는 블라디미르에게 다가가는 것은 어렵

지 않았다.

이제 검의 사정거리 안으로 그가 들어왔다.

그는 모든 근육을 폭발시켜 최후의 일격을 가했다.

근육이 불끈거린다.

이미 뇌는 몇 번이고 팔에 명령을 내렸지만 팔은 움직이지 않는다.

뇌의 명령을 더는 따르지 않는 팔이었다.

"그런 무기로 나를 어떻게 할 수 있을 거라고 생각했나? 나는 신이다. 너희들은 나를 공격할 마음조차 가지면 안 된다. 그런 생각을 하더라도 너의 몸이 너의 명령을 거부할 것이다."

해럴드의 몸은 뻣뻣하게 굳어가고 있다. 몸이 움직이지 않는 것도 문제였지만 점점 숨이 가빠왔다.

몸에 피가 돌지 않고 있는 느낌이다.

심장이 뛰는 소리가 약해지고 있다.

살이 보랏빛으로 변하고 있었다.

그의 눈에는 실핏줄이 터져 나갔고 곧이어 그의 눈에서 피분수가 뿜어져 나왔다.

"벌레들이 배고파하는 소리가 너무 시끄럽구나. 네가 그 소리를 멈추게 할 수 있겠는가?"

해럴드는 구멍으로 걸어간다. 그의 뇌는 걸어가지 말라고 몇 번이나 다리에게 명령을 내렸지만 지금 그의 다리는 해럴드가 아닌 블라디미르의 명령을 듣고 있었다.

그가 구멍에 가까워지자 그의 걸음이 더 빨라졌다. 그는 스스로 구멍 안으로 몸을 날렸다.

"으아아아아!"

해럴드의 비명 소리가 구멍 안에서 퍼져 나온다. 몸의 통제권을 블라디미르에게 뺏겼다고는 해도 통증을 느끼지 못하는 것은 아니다.

산 채로 몸이 뜯겨져 나가고 장기들에 썰리는 느낌을 받는 그는 빨리 죽고 싶다는 생각만을 하고 있었다.

하지만 벌레들은 절대 한 번에 그를 죽이지 않았다.

살을 시작으로 해서 야금야금 안으로 파 들어간다.

그의 끔찍한 비명이 연합국의 사기를 한 번 더 꺾어 내렸다.

"이제 누가 연합국의 대표인가?"

"내가 현재 연합국의 대표를 맡고 있는 바로소이다."

바로소는 믿기지 않는 현실을 직시하고 블라디미르의 앞으로 걸어갔다.

8만에 달하는 각성자가 자신만을 바라보고 있다.

그들에게 기억되는 마지막 모습은 당당한 모습이고 싶었다.

"그래, 너는 나를 죽음의 신으로 인정하겠느냐? 너의 대답에 수만에 달하는 너희 병사들의 목숨이 달렸다."

그를 신으로 인정한다는 말을 하는 것이 어렵지는 않다.

말 한마디에 병사들을 살릴 수 있다면 마음에도 없는 말을 몇 번이고 해줄 수 있다.

"당신을 죽음의 신으로 인정합니다."

"신 앞에서 꼿꼿이 무릎을 세우고 있는 모습이 좋아 보이지는 않는구나."

바로소의 무릎이 그의 의사와는 상관없이 굽혀졌고 그는 블라디미르를 올려다보아야 했다.

"저는 당신을 신으로 인정했습니다. 제발 병사들을 살려주십시오."

"그래, 너의 대답은 나를 만족시킨다. 그러니 너의 병사들을 편안하게 죽여주마. 절대 긴 고통을 주지는 않겠다고 약속하겠다."

"약속이 틀리지 않습니까. 병사들을 살려주신다고 하지 않으셨습니까."

"그래, 너희 병사들의 목숨을 살려준다. 대신 내 몸 안에서 새롭게 태어나게 해서 말이지. 그들도 약한 그들의 육체를 버리고 나에게 오는 것을 원하고 있을 것이다."

블라디미르의 손끝이 움직였다.

그러자 몬스터와 개미지옥이 서서히 연합국의 각성자들을 향해 다가갔다.

바로소의 바로 옆을 지나가는 벌레들이었지만 그에게는

신경을 쓰지 않고 목표물로 설정된 연합국의 각성자들을 향해서만 움직인다.

"안 돼!"

바로소는 움직이지 않는 다리를 억지로 펴려고 했지만 다리는 여전히 꿈쩍도 하지 않았기 때문에 엎드려서 연합국의 병사들이 있는 곳으로 기어갔다.

"가만히 지켜봐라. 너의 병사들이 지르는 비명 소리를 감상하고 그들이 내뿜는 죽음의 향기를 느껴라. 내가 너에게 줄 수 있는 마지막 자비다."

"그게 무슨 자비야, 변태새끼."

갑자기 들려온 목소리에 바로소는 고개를 들어 하늘을 바라보았다. 목소리는 하늘에서 들려왔고 그 목소리의 주인공이 자신이 아는 사람이라는 것에 한 번 더 놀랐다.

한국의 헌터 협회장과 같이 온 젊은 헌터가 하늘을 떠다니고 있다.

하늘을 나는 능력을 가진 각성자가 없는 것은 아니었지만 저 사내처럼 여유롭게 비행을 하는 각성자를 본 적은 없다.

"왔구나. 그래, 나의 제안에 대한 답을 가지고 왔느냐?"

*　　　*　　　*

나는 중국에서 연합국의 1사단이 전멸했다는 소식을 듣자

마자 폴란드로 이동했지만 이미 때가 늦어 러시아의 군대가 폴란드까지 진입해 있었다.

그들을 막기 위해 최고 속도로 하늘을 날았지만 이미 많은 수의 연합국의 각성자들이 모습을 감추었다.

블라디미르의 명령에 의해 수많은 몬스터가 학살을 자행하고 있었다.

잔인한 미소를 지으며 연합국의 부협회장을 가지고 놀고 있는 블라디미르를 막아야 한다.

"그게 무슨 자비야, 변태새끼."

"왔구나. 그래, 나의 제안에 대한 답을 가지고 왔느냐?"

"내 대답은 이거다."

블라디미르를 향해 바람의 칼날을 날렸다.

그가 나의 신체를 조종하기 전에 최대한 공격을 가해야 한다.

엘프의 팔찌가 마법 면역 능력을 가지고 있다고는 하지만 그 효능이 블라디미르의 정신 공격까지 막을 수 있을지는 모른다.

펑! 펑!

두 개의 바람의 칼날이 그의 앞에서 터져 나갔다.

단단한 바위도 뚫고 지나가는 바람의 칼날이 너무도 허무하게 사라졌다.

"이게 너의 대답이냐? 인간의 마음을 버리지 못한 너를 나의 추종자로 만들지 못하겠구나. 죽어라."

그의 손이 나를 향해 가리켰다.

그 순간 목걸이와 팔찌가 동시에 빛을 발했다.

나는 얼른 온몸의 근육을 움직여 보았다.

성공이다.

팔찌는 그의 정신 공격을 막아내었다.

이제는 그에게 몸을 뺏길 걱정은 하지 않아도 되었다. 쇼타임은 지금부터 시작이다.

변태새끼의 모가지를 잘라내어 죽은 사람들의 넋을 달래줄 생각이다.

"상대를 잘못 봤어. 죽는 사람은 내가 아니라 너다."

그를 향해 뛰어들어 갔다.

그의 앞에는 어느샌가 두 마리의 몬스터가 모습을 드러내 나를 대신 맞이했고 앞길을 막는 귀찮은 몬스터 두 마리를 단숨에 도륙 내어버렸다.

몬스터의 피가 튀어 얼굴을 더럽혔지만 지금은 그런 것에 신경을 쓸 때가 아니다.

나는 블라디미르의 모습을 찾아 눈을 돌렸다.

그는 이미 몬스터로 만든 장벽 뒤에 몸을 숨겼다.

연합국의 각성자를 둘러싸고 있던 몬스터들은 목표를 급히 몸을 돌려 그를 보호하고 있었다.

"너의 능력은 대단하구나. 하지만 이렇게 많은 수의 몬스

터를 상대할 수 있을까?'

몬스터에 파묻혀 모습도 보이지 않는 블라디미르의 목소리가 몬스터 사이에서 들려왔다.

모습을 드러낼 용기도 없는 변태 주제에 입만 살아가지고.

"그래, 한바탕해 보자. 누가 먼저 죽는지 한번 해보자고."

몬스터의 장벽에 둘러싸여 모습을 찾을 수 없다면 장벽을 걷어내 버리면 되는 일이다.

몬스터로 만든 장벽은 루카라스가 만든 장벽보다 강하지 않다.

몬스터라고 해봐야 살과 뼈로 만들어진 생물일 뿐이다.

나는 100m가 넘는 칼날을 만들었다.

한 번에 몬스터의 장벽을 부술 생각이다.

바람의 칼날에는 쇠의 기운으로 코팅까지 완료했다.

이 공격에 블라디미르의 몸까지 두 조각 나기를 바라며 칼날을 쏘아 보냈다.

오우거의 허리 위치에서 휘둘러진 바람의 칼날은 1열의 몬스터들의 허리를 뚫고 지나갔고 곧이어 뒷열의 몬스터의 허리까지 잘라냈다.

펑!

바람의 칼날 중간에서 폭발음이 들려왔다.

완전히 부서지지는 않은 칼날이지만 이가 나갔다.

이가 나간 칼날은 날카로움을 잃는다.

그래도 멈추지 않고 바람의 칼날에 힘을 실었다.

날카로운 칼이 아니라 단단한 몽둥이로 변한 바람의 기운이었지만 그것만으로도 충분히 위협적이다.

펑! 펑! 펑!

3번의 폭발음이 순차적으로 터져 나왔고 바람의 칼날은 부서져 기운을 잃었다.

바람의 칼날이 장벽에 피해를 주기는 했지만 장벽의 두께가 얇아진 것 말고는 큰 효과가 없었다.

바람의 칼날을 너무도 쉽게 부숴 버리는 블라디미르의 능력 얕잡아 볼 수 없다는 것을 깨달았다.

그는 단순히 몬스터와 각성자를 조종하는 능력만 가진 것이 아니었다.

하지만 그는 서툴렀다.

기운을 이용해 방어하는 그의 모습에 알 수 있다.

전문적으로 전투를 배우지 않고 단순히 기운에 의지하는 그는 이런 전투를 해본 적이 없다.

그의 기운과 능력은 솔직히 나를 앞선다.

하지만 전투 경험에 있어서는 그보다 내가 몇 배는 앞서고 있다.

승산이 보였다.

그의 허점이 여러 군데 모습을 드러낸다.

"거기 잘 숨어 있어라. 몬스터로 만든 벽이 사라지는 순간

네 목은 내 것이 될 거다."

거대한 바람의 칼날을 만드는 것을 포기하고 몬스터 숲 안으로 뛰어들어 갔다.

블라디미르에게 향하는 길을 가로막고 있는 몬스터를 베어 넘기면 된다.

몬스터들은 나에게 손톱만큼의 피해도 주지 못한다.

그들은 단지 귀찮게 윙윙거리는 모기일 뿐이다.

약간의 가려움만 참을 수 있다면 모기는 무시해도 된다.

제5장
그가 웃었다.
나도 웃었다.

PURE
BRED
HUNTER

몬스터의 살과 뼈가 나뒹군다.

블라디미르를 보호하기 위해 몬스터들이 촘촘히 막아서고
있었지만 나무로 엮어 만든 것처럼 약한 몬스터 장벽을 검으
로 자르며 전진했다.

산속에서 방향을 잃어 길을 만들기 위해 수풀을 자르며 이
동하는 것과 크게 다르지 않았다.

이제 몇 겹만 더 벗기면 양파의 속살을 볼 수 있다.

흰 살이 비칠 정도로 얇은 껍질만이 블라디미르를 보호하
고 있다.

펑!

무언가가 나의 왼쪽 어깨를 쳤다.

드래고니안의 수련과 몬스터의 힘을 흡수한 나지만 이번 공격은 매서웠다.

어깨가 욱신거리고 뒤로 한참이나 밀려나야 했다.

몬스터 틈에서 블라디미르가 손을 뻗고 있는 모습을 확인했다.

그가 한 짓이다.

바람의 칼날을 없앴을 때처럼 그는 내가 알지 못하는 능력으로 공격을 한다.

만약 그가 기운을 사용하여 공격했다면 내가 느끼지 못했을 리가 없다.

아무런 기척도 없이 날아오는 그의 공격을 피할 방법은 없었다.

이럴 때는 무식해져야 한다.

그의 공격에 담긴 힘이 강하긴 하지만 그렇다고 해서 버티지 못할 정도는 아니다.

몸으로 버티며 그에게 다가가면 된다.

뒤로 물러난 거리를 다시 좁히기 위해 발을 빠르게 움직였다.

얇은 껍질은 그새 조금 더 두꺼워지긴 했지만 여전히 속살이 비친다.

블라디미르는 손을 나에게 뻗으며 소리쳤다.

"왜 너는 내 능력이 통하지 않느냐! 나의 충실한 꼭두각시가 되어 선봉에 서란 말이다."

그는 계속해서 손을 뻗으며 나의 육체와 정신을 통제하려고 했지만 그럴 때마다 팔찌가 빛을 내었다.

엘프의 팔찌가 없었다면 그를 보호하고 있는 몬스터 사이에 내가 있었을지도 모른다.

이제 껍질은 다 벗겨졌다.

하얀 속살만이 남은 양파를 먹기 좋게 썰기만 하면 된다.

"고이 죽어라."

근육을 폭발시켰다.

바람의 기운과 땅의 기운이 몸에 가속도를 붙여준다.

눈 깜짝할 사이에 그의 앞으로 이동했다.

펑!

그의 공격이 나를 막아선다.

하지만 그의 공격에 뒤로 밀리지 않았다.

억지로 버텨 자리를 유지했다.

여전히 그는 내 지척에 있다.

손만 뻗으면 충분히 닿을 거다.

"나는 신이다. 죽음을 관장하는 사신이란 말이다. 인간 따위에게 죽을 생각은 없단 말이다."

그는 폭주했다. 그의 몸에서 검은색의 아지랑이가 피어오르고 몬스터들이 덩달아 폭주를 한다. 몬스터의 움직임이 펑

소보다 배는 빠르고 강하게 변했다. 몬스터는 눈에 보이는 것을 모조리 파괴하고 있다. 내가 적이라는 개념도 없어 보인다. 그런 몬스터는 오히려 상대하기가 더 쉽다. 단순한 공격 패턴에 약점을 훤하게 드러내고 있다. 일반 헌터들이라면 지금의 상황에서 큰 피해를 입을지 모르지만 나는 다르다.

순간 머릿속에 번개가 쳤다. 연합국을 압박하는 개미지옥의 모습이 보이지 않는다.

내가 그를 압박하기 시작했을 때부터 그 구멍은 주변에 없었다.

"안 돼!"

구멍이 연합국의 각성자들을 빨아들이고 있었고 폭주한 몬스터들이 앞다투어 연합국 쪽으로 달려가고 있었다.

펑!

연합국에 시선이 팔린 나의 등에 폭발음이 들렸다.

블라디미르가 공격을 하고는 뒤로 물러나고 있다.

그를 쫓을까? 아니면 연합국 각성자들을 구해야 하나?

마음 같아서는 블라디미르를 쫓고 싶었지만 몬스터들에게 유린당하고 있는 연합국 각성자들이 눈에 밟혔다.

멀어져 가는 블라디미르를 한번 쳐다보고는 바로 연합국 각성자들이 있는 곳으로 몸을 날렸다.

몬스터와는 그래도 대등히 싸우는 그들이었지만 개미지옥이 문제다.

40개의 구멍에 속수무책으로 당하는 각성자들이다.

구멍 안에서 수만 개의 작은 기운이 느껴진다.

구멍으로 뛰어들었다.

그제야 그 기운들의 정체를 알 수 있었다.

벌레답지 않게 날카로운 이빨과 턱을 가지고 있는 변종 벌레들이다.

날카로운 이빨이 무기도 되면서 이동 수단도 되는 듯했다.

땅을 갉아 통로를 만들어 이동하는 벌레들이다.

벌레는 눈이 없다.

아마 후각으로 각성자들을 노리고 있는 것으로 보였다.

땅을 갉아 먹는 벌레들을 죽일 방법이 생각났다.

단단한 이빨로 땅을 갉아 통로를 만든다면 땅을 이빨보다 더욱 단단하게 만들면 된다.

수십만 마리의 벌레가 있는 구멍 주변의 흙에 쇠의 기운을 섞었다.

땅속에 쇠 상자를 만들어 벌레를 집어넣는 것이다.

벌레들은 배를 채우기 위해 각성자들에게 다가가고자 땅을 계속 갉았지만 더는 나아가지 못했다.

쇠를 긁는 소리가 상자 안을 가득 채웠다.

이제 밀폐된 장소에 갇힌 벌레들을 태워 죽일 차례다.

상자 안에서 불꽃이 타오르기 시작했고 벌레들이 타들어 가기 시작한다.

상자 안에서 불길을 피할 방법은 없다.

이런 방법으로 40개의 구멍에 있는 벌레들을 모조리 태워 버렸다.

블라디미르가 몬스터를 통제할 수 있는 거리에 한계가 있는지 몬스터의 눈이 점점 맑아진다.

몬스터들은 어리둥절해하면서도 몸을 움직여 각성자들과 싸웠지만 내가 합세한 연합국이 일반 몬스터에게 당할 리는 없었다.

오크들은 사방으로 도망갔고 덩치가 큰 오우거들만이 남아 분전을 했지만 모조리 목이 잘려 바닥을 굴러다녔다.

연합국을 지휘하고 있는 사람이 다가온다.

내 주위에는 아무도 없다.

통역을 해줄 사람도 대신 말을 해줄 사람도 없었다.

파란 눈을 가지고 있는 외국인에게 둘러싸인 적은 처음이다.

영어 울렁증이 올라왔다.

몬스터들에게 둘러싸였을 때보다 더욱 가슴이 뛴다.

그가 샬라샬라 뭐라고 하는데 그의 말은 내게는 외계 언어와 다르지 않다.

지금 같은 상황에서 어떻게 해야 되지?

웃자.

웃는 얼굴에 침 뱉지는 않겠지.

씨익.

어색한 웃음이 얼굴에서 번져 나간다.

오랜만에 손끝에 땀이 맺힌다.

내가 영어를 하지 못한다는 것을 안 연합국 사령관은 한국
말을 할 줄 아는 통역사를 급히 구해주었다.

각성자 중에서 한국어를 할 줄 아는 사람이 없었기에 폴란
드에 교환학생으로 왔다 한국으로 돌아가지 못하고 정착한
한국인을 통역사로 붙여주었다.

"감사합니다."

연합국 사령관인 바로소가 손을 내밀었다.

그의 손은 굳은살이 가득했는데 자잘한 상처들이 지문을
지워 버렸다.

이런 손을 가지고 있는 사령관이라면 믿을 만하다.

"아닙니다. 급하게 오긴 했지만 러시아의 움직임이 생각보
다 너무 빨라 혼자 지원을 왔습니다. 나머지 한국 헌터들이
도착하려면 몇 달의 시간이 필요할지도 모릅니다."

중국에서 우크라이나를 거쳐 폴란드로 오는 그들이 언제
도착할지는 모른다.

아무런 장애물을 만나지 않는다면 1달이면 도착하겠지만
대규모의 몬스터를 만나면 몇 달이 걸릴지도 모른다. 하지만
그들이 걱정되지는 않았다.

그가 웃었다. 나도 웃었다. 145

드래고니안의 수련을 견딘 그들이 일반 몬스터들에게 당할 정도로 루카라스가 녹녹하게 수련시키지 않았다.

"한국에 이렇게 강한 헌터가 있는 줄은 몰랐습니다. 일전의 실례를 용서해 주십시오."

세계 회의에 참가했던 여러 나라의 헌터 협회의 대표들은 나와 협회장을 무시했다.

그냥 무시한 것도 아니고 말 한마디 건네지 않을 정도로 없는 사람 취급을 했다.

그래도 그들을 죽게 내버려 둘 수는 없었다.

그들이 죽는다면 블라디미르의 힘을 더욱 강해진다.

지금도 힘겹게 상대해야 하는데 더욱 강해진다면 상황은 역전돼 버릴지도 모르는 일이다.

"벌써 잊었습니다. 그럴 수도 있는 거 아닙니까. 무시당해 본 게 한두 번도 아니고 크게 신경 쓰지 않습니다. 무시받았다고 해서 모른 척하면 그게 인간입니까? 몬스터지. 다시 무시한다고 해도 괜찮습니다."

정말 괜찮았기에 무시했다는 말을 강조하며 그에게 말했다.

절대 그를 미안하게 하려는 의도는 아니었지만 그의 고개는 점점 숙여졌다.

"미안합니다."

나이도 지긋이 먹은 사람에게 여러 번 사과를 받는 것이 기분 좋은 일은 아니었기에 그를 놀리는 것을 멈추고 진지한 얘기를 꺼내었다.

"정말 괜찮습니다. 농담이었습니다. 현재 유럽연합국의 생존 각성자 수는 얼마나 됩니까?"

러시아의 몬스터 군대가 나와 연합국의 각성자의 손에 죽거나 도망을 갔고 다시금 그 정도 몬스터를 모으기 위해서는 블라디미르도 얼마간의 시간이 필요했다.

하지만 몬스터를 모으는 시간보다 각성자를 모으는 시간이 훨씬 오래 걸린다.

현재 살아 있는 각성자 수가 중요했다.

"현재 7만 정도의 각성자가 살아남았다네. 15만이었던 연합군이 반 토막이 나버리고 말았어."

자조 섞인 그의 말투에서 그가 얼마나 각성자들을 아끼는지 느낄 수 있었다.

"너무 자책하지 마세요. 그들 모두 자랑스러운 전사들입니다. 지원군은 얼마나 됩니까?"

"이미 유럽 각국에서 최대한의 각성자들을 지원병으로 보내고 있는 중이긴 하지만 1만도 되지 않는다네. 지금 모인 각성자가 유럽연합에 있는 각성자 대부분이었다네."

"그렇군요. 그러면 지원군이 도착하고 한국 헌터들이 합류하는 대로 러시아를 치러 가야 합니다. 몬스터 군대가 해체된 지금 빨리 움직여야 합니다. 시간이 늦으면 다시 몬스터 군대가 생겨납니다."

지금 블라디미르가 어디에 있는지 알 수 없지만 그의 목적지가 모스크바라는 것은 알 수 있다. 러시아의 수도이며 가장 많은 병력이 모인 곳이 모스크바다.

최대한 빠르게 그곳을 습격해야 한다.

"우리가 러시아를 직접 쳐야 한다는 말인가? 하지만 병력들을 추스르기 위해서는 얼마간의 시간이 필요하다네."

러시아의 공세에 겁을 먹었는지 소극적인 자세를 취하고 있는 그였다.

그의 마음이 이해가 가지 않는 것은 아니다.

블라디미르의 능력을 직접 경험해 본 그였고 육체가 움직이지 않는 고통을 느껴봤기에 두려움을 가지는 것이 당연할 수도 있다.

하지만 지휘관이 그래서는 안 된다.

아무리 두려움을 집어 먹었더라고 해도 냉정한 머리를 가지고 판단을 해야 한다.

"그것이 지금 우리가 할 수 있는 최선의 방법이라고 생각하지 않습니까? 아니면 다른 방법이라도 생각하신 것이 있습니까?"

그는 입을 닫고 생각에 빠졌다.

고민을 하고 있을 것이다.

러시아를 직접 치러가지 말고 이 상황을 타개할 수 있는 방법에 대해서.

하지만 그도 곧 깨달을 것이다.

이보다 더 좋은 방법은 없다는 것을.

"그렇군요. 다른 방법이 없습니다. 최대한 빠르게 모스크바로 가야 합니다. 하루가 늦어질수록 많은 몬스터들이 모일 겁니다. 지금 우리가 할 수 있는 최선의 방법은 공격뿐입니다."

그의 눈에 두려움이 사라졌다. 책임감이 머리에 박힌 두려움을 뽑아내었다.

그와 나의 생각이 동일해졌지만 지금 바로 러시아로 향하는 것은 자살 행위였다.

보급 물자를 준비해야 하기도 했고 지원군도 기다려야 했다.

그리고 가장 중요한 것.

한국 헌터들과 나의 전투부대가 합류해야 한다.

유럽 각국의 지원군이 일주일 만에 합류를 했다.

우리는 한국군을 마중 나가기 위해 폴란드를 떠나 우크라이나로 향했다.

다른 곳으로 이동한다면 길이 엇나갈 수도 있었기에 중국에서 우크라이나로 올 수 있는 대부분의 경로에 인원을 배치해 그들을 맞이할 준비를 마쳤다.

그가 웃었다. 나도 웃었다. 149

그리고 정확히 한 달이 지나 그들을 만날 수 있었다.

"다들 고생했습니다. 생각보다 빨리 도착하셨습니다."

한 달을 예상한 나의 생각은 최상의 경우였다.

약간이라도 장애물을 만난다면 절대 한 달 안에 도착할 수가 없었다.

"오는 길에 몬스터 몇 마리 만난 것 말고는 다른 일이 없어서 빨리 도착할 수 있었어. 우리 꼴을 봐라. 중국의 모래바람이 무섭다는 말은 들었어도 직접 경험해 보니 완전 지옥이다."

그들이 걸을 때마다 흙이 떨어져 바람에 날린다.

머리카락 사이에서도 어렵지 않게 모래 알갱이들을 발견할 수 있었다.

그들이 얼마나 걸음을 재촉했는지 알 수 있었다.

"감사합니다."

"응? 뭐가? 발이 멀쩡해서 걸어온 건데 네가 고마울 일이 뭐가 있어."

사장은 시큰둥하게 받아쳤지만 그가 나를 얼마나 생각하는지 알 수 있었다.

내가 혹시 러시아의 대군에 무슨 일을 당했을지도 모른다는 생각에 하루도 쉬지 않고 달려왔을 것이다.

절대 앓는 소리를 하지 않는 추수의 얼굴에도 피로감이 보였다.

아무리 바빠도 중국에서 우크라이나까지 한걸음에 달려온 그들에게 휴식을 취할 시간을 줘야 한다.

그들이 배불리 먹을 수 있도록 유럽연합국에서도 고기를 풀었다.

오랜만에 고기를 본 그들은 하이에나 떼처럼 고기를 향해 달려들었고 배가 불러오자 곧장 곯아떨어졌다.

딱딱한 바닥이 물침대라도 되는지 그들의 얼굴에는 만족감이 서려 있었고 코고는 소리가 사방을 울렸다.

"다들 고생했습니다. 조금만 더 고생해 주세요."

연합국 각성자들은 새로이 합류한 한국 헌터들을 반갑게 맞이하긴 했지만 피곤에 지쳐 있는 한국 헌터들이 얼마나 도움이 될지 의심하는 눈빛으로 쳐다보고 있다.

헌터 협회에서 온 1만의 지원병만으로도 그들에게는 큰 도움이 될 것이다.

유럽 각지에서 온 지원병과 같은 숫자이니 당연하다.

그렇지만 그들의 힘보다 더욱 강한 것이 500의 수련생들이다.

여전히 수련생 딱지를 달고 있는 그들이지만 그들이 가진 기운보다 강한 각성자는 여기에 몇 되지 않았다.

숫자보다 중요한 것이 강한 힘을 가진 헌터 한 명이다.

연합국과 한국 헌터 협회는 러시아의 몬스터 대군에 맞서

기만 하면 된다.

블라디미르를 치는 것은 나와 전투부대원들이다.

일전의 전투에서 연합국의 각성자들은 방해만 되었다.

만약 그들이 위험에 처해 있지 않았다면 벌써 블라디미르의 목을 따서 효시할 수도 있었다.

하지만 드래고니안의 수련을 견딘 수련생들이라면 방해가되지 않는다.

그들은 충분히 1인분을 할 수 있는 사람들이다.

그들에 대한 나의 자부심은 굳건했다.

여기 있는 9만의 각성자들보다 500의 수련생들이 더욱 소중하다.

*　　　*　　　*

시간이 되었다.

9만이 넘는 각성자들이 움직인다.

우리들의 목표는 단 하나였다.

블라디미르의 척살.

발걸음이 가볍지만은 않다.

상대할 적이 얼마나 강한지 모두 알고 있다.

수십만 마리의 몬스터에 둘러싸여 싸워야 하지만 몬스터와의 싸움을 피해서는 안 된다.

헌터들이 숙명은 그런 것이다.

"교관님, 그럼 다녀오겠습니다."

모스크바까지 오는 길은 너무도 조용했다.

한 마리의 몬스터도 만나지 않았다.

아니, 몬스터뿐만 아니라 사람 한 명도 만나지 않았다.

부서진 건물들만이 도시를 지키고 있었다.

우리는 허무하게 도시를 지나쳤고 최단 시간으로 모스크바에 도착할 수 있었다.

그리고 지금 모스크바를 제외한 다른 도시들이 조용한 이유를 알게 되었다.

50여만 마리의 몬스터가 모스크바에서 모습을 드러냈다.

몬스터들은 모스크바의 정중앙에 있는 붉은 광장에 모여 있었다.

아직까지는 블라디미르의 모습이 보이지 않고 있다.

그는 몬스터 뒤에 숨어 이 상황을 지켜보고 있을 것이다.

이렇게 짧은 시간에 50만 마리의 몬스터를 모은 그의 능력은 인정한다.

중국과 우크라이나에서 흡수한 죽음의 기운이 그의 힘을 더욱 강하게 만들었고 이전보다 많은 수의 몬스터를 동시에 통제하게 되었을 것이다.

만약 유럽연합국 각성자 모두를 잡아먹었다면 그의 힘은 지금과 비교도 할 수 없을 정도로 강해졌을 것이다.

그가 웃었다. 나도 웃었다.

"돌격."

"몬스터를 사냥해라!"

바로소와 한국 헌터 협회장이 동시에 소리를 질렀다.

9만 대 50만의 전투가 시작되었다.

연합국의 헌터들에게 많은 것을 바라지는 않는다.

나와 500명의 전투부대원들이 블라디미르를 잡을 때까지만 버텨주면 된다.

그들을 믿고 우리는 붉은 광장 중앙으로 침투해 들어갔다.

연합국의 헌터들은 길을 뚫기 위해 더 저돌적으로 몬스터들에게 달려들었고 그 틈을 비집고 우리는 창이 되어 몬스터들을 뚫고 안으로 전진했다.

바람의 칼날이 길을 만들었다.

그 길이 사라지기 전에 장벽을 세워 몬스터들이 접근하지 못하게 하였고 빠르게 붉은 광장 중앙으로 이동할 수 있었다.

"교관님. 왼쪽에 드레이크입니다."

일반 드레이크가 아닌 불의 기운을 가지고 있는 자연계 몬스터다.

블라디미르의 능력이 이제 한 마리이긴 하지만 자연계 몬스터까지 조종할 수 있는 단계까지 올라왔다.

"저희가 맡겠습니다."

추수와 2부대원들은 자연계 몬스터 앞을 가로막았다.

그들은 이미 여러 번 자연계 몬스터를 상대해 보았기 때문에 대처법을 잘 알고 있었다.

그들에게 자연계 몬스터를 맡기고 사장이 이끄는 1부대와 함께 블라디미르를 찾아 나섰다. 곧 우리는 붉은 광장 한가운데에 요란한 장식을 하고 있는 의자에 앉아 있는 그를 발견할 수 있었다.

흡사 중세 시대 왕이나 사용할 법한 의자를 멋이라고 부린 건지 그의 표정은 오만해 보였다.

"생각보다 늦게 왔구나. 나에게 시간을 준 것을 후회하게 될 거다."

블라디미르는 우리가 늦었다고 타박한다.

하지만 절대 늦지 않았다.

이 정도의 몬스터들은 충분히 사냥할 수 있는 각이다.

"아직 시작도 안 했는데 후회를 하기는 이르잖아. 꼴사납게 당하기 싫으면 의자에서 일어나는 것이 좋을 거다."

"늦지 않았다고 생각하는 건가? 너희는 나에게 두 달이라는 시간을 주었다. 그 시간 동안 나는 러시아에 살고 있는 사람들을 광장으로 불러들였다. 음식을 미끼 삼아 말이다. 그리고 3백만이 넘는 사람들의 피를 이곳에 뿌렸다. 내가 가진 죽음의 기운에 보탬이 되기 위해서 말이다. 이래도 늦지 않았다고 생각하는 건가?"

그의 말을 듣자 붉은 광장에서 엄청난 피 냄새가 맡아졌다.

이렇게 강한 피 냄새를 맡아본 적이 없었다.

그가 웃었다. 나도 웃었다. 155

"미친 변태새끼. 아무리 그래도 그렇지 자국민을 죽여 강해지고 싶은 거냐."

"어차피 죽을 사람들이다. 나의 목표가 무엇인지 너는 알고 있지 않느냐. 인류 말살이 나의 목표다. 죽는 날짜가 조금 앞당겨진 것뿐이다. 그들도 내 힘의 일부가 된 것을 자랑스럽게 여길 것이다."

그는 할 말을 다 하였는지 서서히 자리에서 일어났고 그의 몸에서 전과 같이 검은 아지랑이가 피어올랐다.

아지랑이라고 하기에는 형상이 너무 뚜렷했다.

검은 불꽃이라고 불러도 이상하지 않은 아지랑이가 그의 몸에서 뿜어져 나왔다.

3백만의 사람들을 학살했다는 그의 말이 사실이었다.

두 달 만에 이렇게 강해지기 위해서는 엄청난 사람들이 죽어나가야 했을 테고 러시아에서 사람을 모으는 것은 그에게는 어려운 일이 아니었을 것이다.

그는 악마다.

자신의 힘을 위해 수백만의 자국민을 죽여 힘을 키우는 아귀 같은 악마였다.

자신의 은인의 목적을 위해 움직인다는 그의 말은 다 거짓이다.

오로지 강한 힘을 얻기 위해 사람들을 죽이고 있는 것이다.

힘에 중독된 그는 목이 떨어져 나갈 때까지 학살을 계속할 것이다.

그의 목을 뜯어내야 이 악순환의 고리가 끊어진다.

"내가 너의 목을 뜯어 이곳에 효시해 죽은 사람들의 넋을 달래겠다. 죽어라."

그의 주변에서 30개가 넘는 구멍이 생겨났다.

개미지옥이다.

각성자의 피부를 뚫고 파고드는 이빨을 가진 벌레가 가득한 구멍이다.

"내가 맡을게. 너는 저 변태새끼를 맡아."

사장과 1부대원들을 믿는다.

그들의 피부는 돌덩어리다.

그라니안과 루카라스에게 매일 얻어터져 돌과 같은 육체를 가지게 된 그들이라면 벌레에게 잡아먹히지는 않을 것이다.

"부탁드리겠습니다. 얼른 저 변태새끼의 목을 따서 돌아올게요."

사장과 1부대원들은 몇 개의 조로 나뉘어져 구멍을 공략하기 시작했다.

그들은 저돌적으로 구멍 안으로 돌진해 벌레들을 태우고 으깼다.

나는 그 모습을 확인하면서 블라디미르를 향해 움직였다.

"이제 너를 보호해 줄 몬스터도 없는 것 같은데. 끝을 내자."

"몬스터가 없다고 해서 내가 약해 보이는가? 힘의 격차를 느껴보거라."

그의 손에서 검은 아지랑이가 미친 듯이 뿜어져 나왔고 내 몸을 감싸기 시작했다.

바람의 기운을 일으켜 검은 아지랑이를 날려 버리려고 했지만 검은 아지랑이는 바람에 영향을 받지 않았다.

눈으로 보일 뿐 형체가 없는 것이다.

검은 아지랑이를 피할 방법은 없다.

팔찌를 믿는 수밖에 없다.

검은 아지랑이를 몸에 두른 채 블라디미르를 향해 달려들어 갔다.

그의 몸도 검은 아지랑이로 둘러싸여 있었다.

이 검은 아지랑이가 어떤 역할을 하는지는 모르지만 가만히 당하고 있을 수는 없었다.

펑!

기운이 감지되지 않는 공격이 사방에서 나를 때렸다.

예전에는 몰랐지만 여러 헌터들과 얘기를 나누며 깨달았다.

이 기운의 정체는 염력이다.

정신력이 강한 블라디미르였기에 가능한 공격이다.

확실히 예전보다 몸에서 느껴지는 통증이 강하다.

죽음의 기운이 강해지면서 염력 또한 강해진 것 같았다.

염력에 몸이 터져 나가 피가 흘렀지만 그래도 전진해야 한다.

후퇴란 없다.

그에게 더 시간을 주면 지금보다 더한 괴물이 돼서 돌아오게 된다.

하루라도 빨리 그를 죽이는 방법이 최선이다.

"좀 가만히 있으라고!"

신경질이 폭발했다.

온몸의 기운을 한 번에 터뜨렸다.

바람의 기운이 내 등을 밀고 땅의 기운이 내 걸음을 돕는다.

이미 피부 외벽에는 와이번의 비늘이 솟아나 있고 그 비늘을 쇠의 기운이 보호하고 있다.

내가 할 수 있는 모든 기운을 사용했고 승부수를 띄웠다.

지금의 공격이 실패하면 기운의 양이 급속도로 줄어든다.

내가 가지고 있는 기운이 무한하지는 않다.

딱 한 번이면 된다.

그의 목에 칼을 들이밀 힘만 남아 있으면 되는 것이다.

"너는 용맹한 전사가 아니라 끈질긴 벌레였구나. 벌레를 부하로 키울 수는 없는 법이지. 죽어서 나의 힘의 일부가 되거라."

"닥쳐라. 너나 죽으라고!"

그가 웃었다. 나도 웃었다. 159

염력이 계속해서 몸을 때렸지만 쇠의 기운을 포함한 비늘을 부수지 못하고 있었다.

약간의 금은 가기 시작했지만 이 정도로 버틴 것으로도 충분히 만족했다.

그의 옷깃을 잡았기 때문이다.

"이제 죽을 시간이다, 블라디미르."

"아직도 모르고 있는 것이냐? 죽는 것은 내가 아니라 너다. 너의 손을 한번 보거라."

그의 옷깃을 잡은 내 손을 봤다.

섬섬옥수는 아니라도 아직 20대의 나이답게 건강한 손이 주름이 가득한 70대 노인의 손으로 바뀌어 있었다.

"이제야 알겠느냐? 너는 지금 급속도로 늙어가고 있다. 이 검은 아지랑이가 너의 생기를 뺏고 있는 거지."

검을 든 오른손을 들어 얼굴을 만져 보았다.

너무도 거칠었다.

가뭄에 갈라진 논을 만지는 느낌이었다.

"이제 슬슬 몸에 힘이 빠질 것이다."

블라디미르의 말은 주문처럼 내 머리를 강타했고 정말 몸에서 힘이 빠져나가고 있었다.

"이것이 나의 권능이다. 일반적인 마법과는 다른 힘이다. 태초부터 존재했던 죽음의 힘이다. 네가 가지고 있는 마법 아이템으로는 막지 못하는 그런 힘이다."

블라디미르는 팔찌에 대해 알고 있었다. 그가 나의 정신을 지배하려고 할 때마다 팔찌에서 빛이 흘러나왔으니 그가 충분히 눈치를 챌 수 있었을 것이다.

다리에 힘이 풀리기 시작했다. 그의 옷깃을 잡고 있는 손이 조금씩 벌어진다.

몸에서 생기가 완전히 떨어지기 전에 그를 공격해야 한다.

삐걱거리는 팔을 들어 그의 목을 향해 검을 휘둘렀지만 팔에서 급속도로 힘이 떨어져 나가 그의 목이 아니라 다리에 아주 작은 생채기 하나만을 만들었다.

"이게 끝인가? 마지막 발악이라고 하기에는 너무도 약한 공격이었다. 이 정도 상처를 만들기 위해 이 먼 얼음의 땅 러시아까지 찾아온 것이냐?"

몸이 쪼그라들고 있다.

육체가 붕괴되고 있는 것이다.

그릇에 금이 가자 기운들이 새어 나가기 시작했다.

쇠의 기운이 가장 먼저 힘을 잃어가고 있다.

비늘에 담긴 쇠의 기운이 없어지자 비늘은 피부에서 떨어지기 시작했다.

마치 찰흙처럼 비늘은 떨어져 나갔고 그 곳에는 피가 흘러내렸다.

비늘이 떨어져 나가면서 피부까지 벗겨지고 있는 것이다.

"이대로 죽을 수는 없다. 나는 이곳에서 죽고 싶지 않다."

그가 웃었다. 나도 웃었다. 161

목소리도 갈라져 노인의 목소리가 내 입에서 나오고 있다.

"그러게 진작 나의 제안을 받아들였으면 세계를 발밑에 둘 수 있었을 것인데 아쉽구나. 너 같은 사람을 다시는 만나지 못할 것 같다. 정말로 아쉬워."

블라디미르는 고개를 흔들며 아쉬워했지만 그의 얼굴에는 미소가 가득했다.

말과 다른 그의 표정이다.

절대 이대로 죽을 수는 없다.

고작 저렇게 허약한 놈에게 죽기 위해 지옥을 견뎌낸 것이 아니다.

툭.

손에서 검이 떨어져 나갔다.

검을 들 힘조차 사라진 것이다.

그를 죽이고 싶다.

갈기갈기 조각내어 오체분시, 아니, 백체분시를 하고 싶다.

아니, 그의 살을 포를 낸 후 만 조각을 내어 러시아 전역에 뿌려 사람들의 넋을 달래고 싶다.

하지만 지금 내게 그럴 힘이 없다.

다리는 굳어버렸고 손은 검은커녕 나무젓가락을 들 힘도 없었다.

그래도 이대로 포기하고 싶지는 않다.

뚝. 뚝.

그의 다리에서 피가 맺혀 바닥으로 떨어졌다.

아직 인간의 피를 흡수한 적은 한 번도 없었다. 내 마지막 자존심이었다. 절대 인간의 피를 흡수하지 않겠다고 다짐했었다.

하지만 그 다짐을 오늘 깨기로 마음먹었다.

그의 피를 흡수할 수 있을지조차 미지수인 상황에서 다짐은 사치일 뿐이다.

마지막 모든 힘을 모아 그의 다리를 잡아채었다.

"이제 와서 다리를 붙잡고 빌기라도 할 생각이냐? 너무 늦었다. 이미 시체와 다름없는 너는 필요가 없다. 얌전히 죽어라."

다행히 그는 나를 자신의 다리에서 떨어뜨리지 않았다.

그의 마지막 동정심이 고마웠다.

그 동정심이 나에게 마지막 기회를 준 것이다.

피가 흐르고 있는 상처 부위를 물었다.

그래도 아직 이빨은 남아 있었기에 상처를 물 수는 있었다.

"마지막 발악이 고작 무는 것이냐? 마치 솜 덩어리 같구나. 아프지도 않다. 내 살보다 너의 이빨이 먼저 부러져 나가겠다."

그가 무슨 말을 하든지 신경을 쓰지 않는다.

지금은 최대한 그의 피를 들이마셔야 한다.

그가 눈치채기 전에 조금이라도 그의 피를 흡수해야 살길이 생긴다.

조금이지만 그의 피가 목구멍을 통해 혈관으로 퍼져 나가고 있다.

아직은 한참이나 부족한 양이긴 하지만 그의 피가 심장을 뛰게 하고 있었다.

심장이 빠르게 뛰자 몸에 힘이 생기기 시작한다.

이 모든 힘을 그의 피를 흡수하는 데 투자했고 피를 흡수하는 속도가 빨라졌다.

"무슨 짓이냐? 지금 무슨 짓을 나에게 하고 있느냐 말이다."

그의 피가 혈관 구석구석까지 퍼져 나가기 시작했고 그의 다리를 붙잡고 떨어지지 않을 정도의 힘이 생겼다. 나와는 반대로 그는 몸에서 힘이 빠져나가고 있을 것이다.

말 그대로 그의 힘을 흡수하고 있다.

자연계 몬스터의 힘을 모두 흡수하는 데는 보통 5분의 시간이 걸린다.

초반 1분이 가장 중요하다.

1분이 지나면 몬스터의 힘은 급격하게 떨어지고 나를 거부하지 못한다.

블라디미르의 피를 흡수하기 시작한 지 정확히 1분이 넘었다.

그는 염력으로 나를 떨어뜨리려고 했지만 그의 염력의 힘은 약해졌다.

새색시가 첫날밤에 신랑을 미는 정도의 힘밖에 되지 않았
다.

"으아아아아아. 이거 놓아라!"

그의 비명 소리가 내게 더욱 힘을 준다.

그의 발악에 나는 더욱 강하게 피를 흡수했다.

온몸에 그의 힘이 흡수되고 있다.

혈관은 터져 나갈 것처럼 부풀어 오르고 눈은 저절로 감겨
왔다.

온몸에 개미가 기어 다니는 것처럼 간지럽다.

하지만 지금의 기분이 너무 좋았다.

이대로 시간이 멈추었으면 하는 생각까지 들었다.

"상황 역전인가?"

피가 더는 나에게 희열을 주지 못한다.

흡수를 마쳤기 때문이다.

나는 선 채로 굳은 블라디미르를 보고 웃어주었다.

그가 나에게 웃어준 것처럼.

제6장
일상으로

PURE
BRED
HUNTER

블라디미르가 무릎을 꿇는다.

이제 그가 나를 올려다본다.

불과 10분 사이에 상황은 역전되었다.

그를 지탱하던 죽음의 기운이 사라지자 그의 얼굴은 더욱 창백하게 변하고 있었다.

생기라고는 하나도 찾아볼 수 없는 그의 얼굴은 흡사 마네킹과도 같았지만 그에게 동정심이 들지는 않았다.

"이대로 죽고 싶지 않아. 어떻게 이 자리까지 올라왔는데 이렇게 허망하게 죽을 수 있단 말이냐."

그의 눈에 초점이 없다.

나에게 하는 말이 아니었다.

그의 독백에는 허무함이 느껴진다.

지금 내가 그에게 할 수 있는 최선은 그의 허무함을 단칼에 잘라내 주는 것이다.

땅에 떨어져 뒹굴고 있던 검을 집어 들었다.

주름이 가득했던 손은 이미 이전의 모습을 되찾았고 검을 잡는 손가락에는 힘이 넘쳤다.

이미 모든 힘을 나에게 뺏긴 블라디미르의 목을 치기 위해서는 기운을 사용할 필요도 없었다.

단순히 육체의 힘만으로도 충분했다.

그에게 목에 검을 가져다 대었다.

유언을 남길 시간을 주는 것이다.

아무리 적이라고 해도 한 나라의 왕을 했던 그다.

마지막 말 정도는 들어줄 수 있다.

"나를 죽인다고 끝이라고 생각하는가? 내가 아니어도 어차피 인류는 멸망하게 되어 있다. 11명의 제자들이 깨어나는 순간까지 잠시 동안의 시간을 벌었을 뿐이다."

"유언은 그게 끝인가? 원하는 부탁을 들어줄 용의가 있다. 원하는 것이 있으면 말해라."

"내가 원하는 것은 인류의 종말이다. 그것을 들어주지 못한다면 그냥 나를 죽여라."

한순간에 거대한 힘을 뺏긴 블라디미르의 심정을 이해할

수 있다.

허무함과 무력감에 어서 눈을 감고 싶은 마음뿐일 것이다.

이제 그가 원하는 것을 들어줄 순간이다.

나는 검을 치켜들고는 그의 하얗고 가느다란 목을 잘라내었다.

허망하게 죽은 블라디미르를 한동안 바라보았다.

강해지고 싶어 하는 사람의 욕심은 당연한 것이다.

하지만 그는 죽음의 기운을 흡수할 때마다 느껴지는 희열감에 중독되어 인간의 심성을 버렸다.

그의 모습이 낯설지는 않았다.

나도 저렇게 될 수 있다는 생각이 들었기 때문이다.

"변태새끼 목을 잘랐네. 수고했다 용택아."

사장과 추수가 벌레들과 드레이크를 죽이는 데 성공했는지 나의 곁으로 다가왔고 블라디미르의 목을 보고는 기쁜 마음을 숨기지 못했다.

추수가 블라디미르의 목에 나무 작대기를 찔러 넣고는 소리를 질렀다.

"블라디미르가 죽었다! 모두들 몬스터를 척살해라!!"

그 소리는 전투부대원들뿐만 아니라 연합국의 헌터들에게까지 전해졌고 그들의 사기가 급격히 올라갔다.

그와 반대로 몬스터들은 자신을 조종하던 블라디미르가

죽자 우왕좌왕하기 시작했고 그들을 붉은 광장 주변에서 몰아내는 것은 오랜 시간이 필요하지도 않았다.

모든 몬스터를 사냥하는 것이 가장 좋기는 하지만 인원이 부족했다.

우리는 몬스터 군대를 해체시키는 것으로 만족해야 했다.

"정말 감사합니다. 이 은혜를 잊지 않겠습니다. 언제가 되었든 한국에 위험한 일이 생기면 발 벗고 달려가겠습니다."

연합국의 수장인 바로소가 고개를 숙여 감사를 표했다.

그의 얼굴에는 더는 불안감과 두려움이 보이지 않았고 승리감에 도취되어 있었다.

고작 9만의 병력으로 50만이 넘는 몬스터 군대를 이겼으니 승리감에 도취되는 것이 당연한 것일지도 모른다.

"수고하셨습니다. 드디어 끝이 났군요."

그들에게는 지옥 같은 시간이었을 것이다.

하루에 수만의 각성자가 죽었고 유럽의 일부가 불타 없어졌다.

하지만 이제 지옥의 시간은 끝이 났다.

"한국의 도움이 없었다면 절대 이 전쟁을 승리할 수 없었을 겁니다. 다시 한 번 감사드립니다."

"괜찮습니다. 몬스터를 사냥하러 헌터들이 오는 것은 당연한 거지요. 크게 신경 쓰지 마세요. 다음에 봤을 때 아는

척만 해주시면 됩니다. 전에 회담할 때는 너무 심심했거든요."

나는 괜히 농담을 던졌다.

그의 기분을 풀어주기 위해서 던진 농담이 아니다.

승리를 했음에도 기분이 풀리지 않는 나를 위로하기 위해 던진 농담이었다.

러시아와의 전쟁은 끝이 났지만 몬스터와의 전쟁은 이게 끝이 아니다.

11명의 제자가 동면에서 깨어나는 순간 어떤 일들이 벌어질지 모른다.

11명의 제자 중 한 명에게 전이받은 능력만으로도 블라디미르가 세계를 공포에 몰아넣었다.

만약 11명의 제자 모두가 세계를 멸망시키고자 하면 어찌할 도리가 없었다.

혼자 심각한 표정을 하고 있는 것은 이 상황에서 좋을 것이 없다.

기분을 풀기 위해 억지로 웃음을 지으며 전쟁의 주역들에게 찾아가 호탕하게 웃어주었다.

길다면 길고 짧다면 짧은 전쟁이 끝이 났고 우리는 다시 한국을 향해 발걸음을 돌렸다.

러시아에서 한국까지 거리는 짧은 거리가 아니었다.

마땅한 교통수단이 없기에 우리는 발을 놀려 한국으로 걸어가야만 한다.

　다들 승리를 제대로 만끽하기도 전에 기나긴 행군을 하여 한국에 도착했다.

　"정말 고생했네. 자꾸 의지만 하는 것 같아서 미안하네."

　협회장은 미안한 표정을 짓지 않으면서 말로만 미안하다고 말을 하고 있었다.

　이번의 전투로 가장 이득을 본 사람 중 한 명이 협회장이다.

　그의 명성이 세계를 울렸다.

　전투에서 큰 활약을 하지는 못한 한국 헌터들이었지만 나와 전투부대원들이 세운 공적을 그들과 함께 나누었고 한국 헌터 협회장이라는 이유로 그는 이제 헌터 세계에서 손꼽히는 유명인이 되었다.

　물론 나도 마찬가지긴 하지만.

　"협회장님도 수고했습니다. 이제는 전쟁도 끝이 났으니 사람들 좀 챙기세요. 이번에 유럽과 다른 나라를 지나면서 뭐 느낀 것도 없습니까? 다른 나라의 정부는 국민들을 보호하고 챙기려고 노력하는데 우리나라는 이게 뭡니까. 높은 사람 배만 채우면 끝입니까? 제가 움직이기 전에 알아서 좀 해주세요."

　괜히 말을 꺼냈다가 독설을 먹은 협회장의 얼굴은 시무룩해졌지만 이 말은 꼭 해야 했다.

정부가 하는 일이 너무 없었다.

국민을 챙기지 않는 정부는 필요가 없다.

만약 나의 경고를 듣지 않고 제 뱃속만 계속해서 챙긴다면 정말 움직일 생각도 있었다.

"알겠네. 최대한 노력해 보겠네."

"그럼 이만 대구로 내려가 보겠습니다. 고생하세요."

어깨가 축 처진 협회장과 작별 인사를 나누고 수련생들과 함께 대구로 다시금 걸어갔다.

러시아에서 한국까지 걸어오는 시간이 서울에서 대구로 걸어가는 시간보다 훨씬 짧았지만 집이 코앞이라는 생각에 한 시간이 하루처럼 느껴졌다.

"드디어 대구 입성이다. 와 진짜 마라톤 준비하는 것도 아니고 걸어서 세계일주할 것도 아닌데 우리 요즘 너무 많이 걷는 거 같지 않아? 빨리 새로운 교통수단이 나와야 될 텐데."

걸어서 이동하는 것은 너무도 비효율적이다. 이전에 자동차나 비행기 같은 교통수단을 사용해 본 적이 있는 사람들이었기에 교통수단을 이용하면 얼마나 빨리 이동할 수 있는지 잘 알고 있었다.

현재 미국에서 마정석을 이용한 교통수단을 개발하고 있다는 말이 돌고는 있었지만 아직 개발이 완료되지는 않았었다.

개발 마무리 단계라고는 하지만 그 마무리가 언제 끝이 날지는 아무도 몰랐다.

"그러게요. 비행기는 바라지도 않는데 마정석으로 굴러가는 자동차나 나왔으면 좋겠네요."

우리는 1시간가량을 더 걸어서야 마을에 도착할 수 있었다.

마을에 도착하자 몸에 힘이 풀리고 피곤이 쏟아졌다.

다른 사람들도 나와 다르지 않았다.

"모두 고생하셨습니다. 푹 쉬세요."

수련생들을 각자의 집으로 해산시켰다.

괜히 수고했다고 연설을 하는 것보다 침대에 갈 시간을 줄여주는 것이 수련생들을 위한 것이다.

"난 지금부터 이틀 동안 잘 거니까 나 찾지 마라."

사장은 마지막 힘을 쏟아부어 자신의 집으로 뛰어갔고 다른 수련생들도 각자의 집으로 걸어갔다.

7명과 애완 고양이 한 마리가 살기에는 큰 집이 보인다.

마을 재개발을 하면서 가장 신경을 쓴 부분이 이 집이다.

동생들에게 각자의 방을 주고 싶었고 다른 공간도 신경을 써서 만든 집이다.

복층형 건물로 너른 마당까지 있는 우리 집은 마을에서 제일 큰 집이기도 했다.

마을을 운영하는 데 필요한 대부분의 마정석을 내가 구하기에 이 정도 집은 사치도 아니었고 마을 사람들도 집을 보고 다른 소리를 하지는 않았다.

하면 나쁜 사람들이지.

"형 왜 이렇게 늦게 왔어. 기다리다가 목 빠지는 줄 알았네."

형식이와 소은이가 가장 먼저 나를 발견하고는 뛰어와 안겼다.

"별일 없었지? 누가 괴롭히거나 그러지는 않았고?"

"야옹~"

이자벨이 울었다.

자신이 있는 이상 동생들의 안전은 걱정하지 말라는 소리로 들렸다.

"응 아무 일도 없었어."

"엘프 마을에는 자주 가니?"

"응, 엘프 마을이 너무 좋아. 거기에 가면 온갖 나무들이 나를 반겨줘서 너무 신나."

"오빠. 형식이 매일 엘프 마을에 가서 늦게 돌아와요. 뭐라고 좀 해주세요."

"늦게 다니면 안 되지, 형식아."

"거기 있다 보면 시간 가는 줄 모르겠어. 세계수도 정말 많이 컸다. 이제 나보다 키가 더 커졌어."

"엘프어는 잘 배우고 있어? 정령술이나 정령 마법을 배우려면 엘프어를 배워야 할 텐데."

급 시무룩해진 형식이가 작은 목소리로 말했다.

"꼬부랑글자들 배우고 있긴 하지만 진도가 잘 안 나가. 이제 겨우 기본 단어를 읽고 말할 정도야."

"그래서 언제 정령술 배우겠어?"

"아니야. 말은 잘 못해도 정령술은 금방 배울 수 있다고 장로 할아버지가 그랬어. 다음 주부터 정령술 배우기로 했다고 형."

"정말? 말도 제대로 못하는데 어떻게 정령술을 배운다고 그래?"

"정령술은 정령 친화력이 중요하지 주문은 그렇게 중요하지 않다고 했다고. 내가 다음 주에 정령 소환해서 제일 먼저 형한테 보여줄게."

"그래 기대할게. 그래도 너무 무리하지는 말고 쉬엄쉬엄 해."

이미 농사일만으로도 한 사람 이상의 몫을 하고 있는 형식이다. 내가 형식이에게 바라는 것은 크지 않았다.

이대로만 건강하게 자라주기만 하면 되었다.

"이제 들어가자. 형 씻고 자야겠어. 잠을 통 못 자서 눈이 침침할 정도야."

"응, 어서 들어가자 형."

집으로 들어가 동생들과 대화 몇 마디를 나누고는 몸을 씻기 위해 욕실로 갔다.

물의 기운으로 몸을 닦아내긴 했지만 찝찝한 것 어쩔 수 없었다.

욕실에 들어가 옷을 벗고 욕조에 몸을 담갔다.

따듯한 물의 감촉이 몸을 녹이고 있다. 서서히 눈이 감기고 머리를 기대고 욕조에 몸을 더 깊게 파묻었다.

똑똑.

"들어가도 되겠습니까?"

카린의 목소리다.

그녀가 왜 욕실에 들어온단 말인가.

당황해서 감긴 눈이 번쩍 뜨였다.

"왜 들어오려고 하는 거야?"

"제가 씻겨 드리겠습니다."

일본에서 어떤 교육을 받았는지 모르지만 그녀는 너무도 적극적이다.

한국 사람이라면 쉽게 받아들이지 못할 말을 아무렇지도 않게 하였다.

"아니야. 괜찮아 혼자 씻을 수 있으니 신경 쓰지 않아도 괜찮아."

"알겠습니다."

그녀 덕에 졸린 눈이 뜨인 나는 급히 몸을 씻고 방으로 들어왔다.

깔끔하게 정리된 이불 안으로 쏙 들어갔다. 푹신한 베개의 감촉을 느끼는 것이 너무 오랜만이다.

이불을 목까지 덮어쓰고는 눈을 감았다.

눈꺼풀은 천근만근이었고 바위보다 무겁게 느껴졌다.

똑똑.

"들어가겠습니다."

카린의 목소리다.

그녀가 방 안에 들어올 이유가 없지만 그녀를 말리지 못했다.

무거운 눈꺼풀이 말할 타이밍을 뺏어버렸다.

"일본에서 마사지 교육도 받았습니다. 제가 주물러 드리겠습니다."

그녀는 내 다리부터 시작해서 등을 주물렀다.

머릿속으로는 거절해야 한다고 생각은 했지만 그녀의 부드러운 손길과 뭉친 근육이 풀리는 느낌에 차마 거절하지 못하고 몸을 그녀에게 맡겨 버렸다.

"원하신다면 잠자리 시중도 들어드리고 싶습니다. 일본에서 잠자리 교육까지 완벽히 마쳤습니다. 만족하실 수 있도록 최선을 다하겠습니다."

무슨 시중을 들어준다는 거지? 잠자리 시중을 들어준다는 그녀의 말이 머릿속을 맴돌았다.

그리고 그 의미를 알아차린 순간 난 몸을 벌떡 일으켜 세웠다.

"아니야. 그런 건 필요 없어. 진짜 괜찮아."

"누우십시오. 마사지를 마저 해드리겠습니다."

"아니야, 덕분에 피로가 다 풀린 것 같아. 오늘은 금방 잠들 수 있을 것 같아."

손사래를 치며 그녀에게서 멀어지기 위해 벽 끝으로 몸을 붙였다.

"야옹~"

창문에는 이자벨이 두 눈을 똥그랗게 뜨고는 우리를 지켜보고 있다.

왠지 모르게 그녀의 입꼬리가 떨리는 것같이 보였다.

"진짜 괜찮아. 나 이제 잘 거니까 이만 나가줘."

카린을 급히 방에서 나가게 했고 이자벨은 스스로 창문을 열고는 방 안으로 들어왔다.

그녀는 오랜만에 고양이의 모습을 버리고 원래의 모습으로 돌아왔다.

"주인님. 잠자리 시중을 원한다면 저를 부르세요. 저런 곰 같은 여자보다는 제가 훨씬 나을 거예요."

카린은 곰보다는 고양이상에 가까웠지만 나는 이자벨의 말에 다른 반박을 하지 않고 그녀를 말려야 했다.

"아니야. 진짜 잠자리 시중은 필요 없어. 난 이 베개만 있으면 잘 잘 수 있다고."

다시금 고양이의 모습으로 변한 이자벨이 창문 밖으로 나가자 나는 드디어 잠을 잘 수 있었다.

*　　　　*　　　　*

드래고니안의 수련으로 단련된 육체와 엄청난 양의 기운이 몸 안에 있다고 해서 피곤을 느끼지 않는 것은 아니다.

육체의 피로보다 정신적인 피로가 더 심했기에 침대에 누운 지 꼬박 하루가 지나서야 일어날 수 있었다.

다른 수련생들도 나와 마찬가지로 다음 날이 돼서야 숙소에서 나와 기지개를 켰다.

"사장님 이틀은 잔다면서 왜 이렇게 일찍 일어나셨어요?"

"그러게 말이다. 잘라고 침대에 계속 누워 있는데 몸이 뻐근해서 도저히 견딜 수가 없어서 말이지. 그냥 나왔다. 잠이와야 자든가 말든가 하지."

하루 동안의 휴식만으로도 수련생들은 긴 행군의 노곤함을 떨쳐 내었다.

확실히 욕을 하며 드래고니안의 수련을 견딘 보람이 있다.

"그러면 이제 해야죠."

"뭘 해? 할 게 또 있어?"

"수련하러 가야죠. 루카라스 님이 우리를 기다리고 있을 겁니다."

"으아아아아. 또 수련이야? 이제 안 하면 안 되냐?'

사장은 머리를 쥐어뜯으며 인상을 찌푸렸다.

하지만 그와 다른 반응을 보인 사람도 있다.

"지금 수련하러 가는 겁니까? 바로 수련생들을 모으겠습니다."

추수는 가타부타 말을 하지도 않고 수련생들의 숙소가 있는 곳으로 달려가 그들을 모으기 시작했다.

"저놈은 지치지도 않나. 아니면 수련 못 해서 죽은 귀신이라도 붙은 건지."

"저런 사람도 있어야죠. 사장님처럼 쉬려고만 하는 사람이 있으면 조직이 돌아가겠습니까?'

"뭐야? 내가 말은 이렇게 해도 수련을 하면 얼마나 열심히 하는데. 기람이한테 물어봐. 기람이도 인정했다고."

"참나, 한참이나 어린 기람이한테 인정받아서 좋겠습니다."

이번 원정으로 인해서 가장 놀라운 실력을 선보인 사람 중에는 수련생중에서 가장 어린 정기람도 포함되어 있었다. 독기 가득한 그는 목숨을 도외시하고 몬스터들에게 달려들었고 상당수의 몬스터가 그의 손에 목이 잘려 나갔다.

"말이 나와서 하는 말인데. 기람이 녀석 저러다가 한 방에

혹 가는 수가 있다. 뭐 때문에 저렇게 미친 듯이 날뛰는지는 잘 몰라도 이제는 조금 진정할 필요가 있는데 말이야."

"그렇죠. 두려움 없이 전투에 임한다는 것은 장점이긴 하지만 그래도 방어까지 포기하고 오로지 공격 일변도로 움직이는 것은 위험한 일이죠."

사장과 기람이에 대한 얘기를 나누고 있는 동안 추수는 모든 수련생들을 모아 데리고 왔고 우리는 오랜만에 지옥 같은 수련을 하기 위해 루카라스를 찾아갔다.

"일은 잘 마무리한 것 같군. 표정들이 밝다. 그러면 이제 다시 시작하면 되는 건가? 오랜만에 몸 좀 풀겠군."

루카라스는 무표정으로 수련생들에게 다가갔고 그들은 자연스레 뒷걸음질을 쳤다.

본능적인 반응이다.

다시금 기운을 받아들이기 위한 수련을 해야 하는 상황이 반갑지 않을 것이다.

"그러면 잘 부탁드리겠습니다."

나는 수련생들을 루카라스에게 맡기고 형식이가 있는 엘프 마을에 방문할 생각이었다.

정령을 소환하는 모습을 보고 싶기도 했고 학부모의 마음으로 형식이를 가르치는 엘프 장로에게 인사와 압박을 하고 싶었다.

"알아서 할 테니 걱정하지 마라."

"으아아아아아!"

수련생들이 내지르는 비명 소리가 오랜만에 루카라스의 보금자리를 울렸고 나는 흐뭇한 미소를 지으며 엘프 마을로 텔레포트를 했다.

제7장
배신의 꿈

엘프들은 전처럼 나에게 적대감을 가지거나 무기를 들어 올리지 않았고 밝게 미소를 지어주었다.

세계수를 살린 은인한테 적대심을 가지는 것은 금수만도 못한 짓이니까 당연한 반응이었다.

물론 세계수를 살린 것은 내가 아니라 형식이이긴 하지만 어쨌든 그를 이곳에 데리고 온 사람은 나니까 나는 충분히 그들에게 인사를 받을 자격이 있다.

엘프들의 안내를 받아 형식이가 엘프 장로에게 교육을 받고 있는 장소로 향했고 그곳은 어린 세계수가 심어진 장소였다.

"와, 벌써 세계수가 이렇게 컸네."

형식이가 일전에 세계수가 엄청 자랐다고는 말했지만 커봐야 얼마나 컸을까라는 생각을 했지만 이미 내 키보다 커진 세계수를 보자니 믿기지가 않았다.

"왔는가? 잠시만 기다리게나. 조만간 끝나니."

세계수의 옆에 눈을 감고 앉아 있는 형식이와 그 옆에서 형식이를 지켜보고 있는 엘프 장로가 있었다.

"지금 뭐하고 있는 중이에요? 얘는 왜 눈을 감고 목상처럼 앉아 있는 겁니까?"

"지금 정령을 소환하고 있는 중이네. 정령계로 찾아가 마음 맞는 정령과 소통을 하고 있다네. 한 시간이나 이러고 있었으니 조만간 끝이 날 걸세."

형식이가 자연 친화력이 뛰어나다고는 엘프 장로에게 들어 알고는 있었지만 지금 형식이에게 뿜어져 나오는 기운을 믿을 수가 없었다.

내 몸에 있는 오행의 기운과는 다르지만 비슷한 맑은 기운들이 형식이의 주변을 감싸고 있었다. 마치 봄바람에 날리는 벚꽃을 보는 기분이었다.

너무도 아름다운 기운에 눈을 떼지 못하고 장로 옆에 서 형식이를 지켜보았다.

벚꽃이 만개한다.

형식이의 기운이 폭발적으로 움직였다.

주변의 풀과 꽃들이 형식이의 기운에 맞춰 춤을 춘다.

바람도 그의 머리를 식혀주고 세계수도 얼마 되지 않는 자신의 기운을 끌어내 연회장에 입장했다.

주변에 있는 모든 식물이 형식이를 축하해 주는 파티가 열린 듯했다.

바람이 잦아들고 파티가 끝이 났다.

형식이의 눈이 조심스레 떠지고 있다.

"아!"

낮은 탄성을 지르는 형식이다.

"어떻게 됐어? 계약 성공했어?"

"어 형! 여기는 웬일이야?"

"동생이 정령과 계약을 한다는데 안 와볼 수가 있냐. 계약은 성공했어?"

엘프 장로도 호기심 가득한 눈으로 형식이를 바라보고 있었다.

"계약은 성공한 것 같기는 한데 이게 성공한 건지 아닌지 잘 모르겠어."

"왜? 어떤 정령이랑 계약했는데 그래?"

"조용히 좀 하게나. 지금은 집중을 해야 할 순간이네. 계약이 끝나고 첫 소환이 얼마나 중요한데 이리 호들갑을 떠는 건가."

분명 그는 대화에 끼지 못해서 나에게 역정을 낸 것이 확실하다.

자신의 제자와 다름없는 형식이를 독점하고 싶겠지. 늙은 영감탱이.

"제자야, 계약을 한 정령을 머릿속에 떠올려 보거라. 친구 집에 놀러가 문을 두드리는 것처럼 정중하고 밝게 정령을 불러보아라."

형식이는 다시금 눈을 감았다.

정령을 불러내기 위해 노력을 하는 것이다.

1분도 지나지 않아 형식이의 옆에서 자연의 기운이 모여들기 시작한다.

이 기운은 땅의 기운과 흡사하다.

땅의 정령과 계약을 한 건가?

"땅의 정령과 계약을 했구나. 아직 어린 정령이지만 가지고 있는 힘은 중급 정령과 비슷하구나. 좋은 친구가 생겼어."

"정령이 지금 소환되었습니까? 왜 제 눈에는 보이지 않죠?"

"자네는 정령 친화력이 높지 않아서 정령이 보이지 않는 걸세. 그래도 자네 몸에 있는 땅의 기운을 끌어 올리면 정령의 모습을 흐릿하게나마 볼 수는 있을 걸세."

장로의 말이 끝나기도 전에 땅의 기운을 극성으로 끌어 올렸고 형식이의 옆에서 작은 공 같은 형상을 한 무언가가 보이기 시작했다.

나는 한계치까지 땅의 기운을 끌어 올렸다.

그러자 땅의 정령의 모습이 확실하게 보이기 시작했다.

솜뭉치다.

하얀색을 대신해 황색 털을 가지고 있는 솜뭉치가 보인다.

똘망똘망한 눈을 껌벅거리며 주변을 살피고 있는 땅의 정령은 너무나 귀여웠다.

"형, 보여? 얘가 너무 귀여워서 얘랑 계약했어."

"그래, 정말 귀엽구나."

몬스터 범람 전에 누렁이를 키웠던 형식이었기에 황색 털을 가지고 있는 땅의 정령에게 마음을 뺏겼을 것이다.

땅의 정령은 형식이의 발밑으로 걸어가 형식이에게 몸을 비비며 땅을 꾸욱 밟았다.

자신의 친구와 땅의 촉감을 동시에 느끼려고 하는 욕심쟁이였다.

"형, 진짜 귀엽지? 자랑해야지."

가족들과 마을 사람들에게 자랑하고 싶어 하는 형식이였지만 불가능할 것이다.

정령 친화력을 가지고 있는 사람은 마을에 없었다.

마을에서 땅의 정령을 볼 수 있는 사람은 나와 형식이뿐이다.

"형식아 정령 친화력을 가지지 못한 사람은 정령을 보지 못하는 것 같은데 어떡하지?"

"걱정 말거라. 정령은 힘이 강해지면 스스로 형상화를 할 수 있다. 그때가 되면 사람들도 충분히 땅의 정령을 보고 만질 수 있을 것이야."

엘프 장로는 형식이의 머리를 쓰다듬으며 말했다.

자신의 제자가 정령 소환에 성공한 것이 좋아 한껏 들떠 있는 그였다.

"어떻게 하면 정령을 강하게 할 수 있어요?"

"같이 놀아주고 마음을 열면 정령이 금방 강해질 것이야. 지금의 너라면 정령이 금방 강해지겠구나."

"중급 정령 급의 정령이라고 했는데 능력은 정확히 어떻게 되는 겁니까?"

"정령을 사용하는 것은 사용자의 의지가 가장 중요하지. 어떤 방식으로 정령의 힘을 사용하는지에 따라 정령의 능력이 달라진다네."

"그렇게 추상적인 말 말고 음, 땅의 정령이니까 땅을 얼마나 팔 수 있는 건가요?"

"꼭 정령을 친구가 아닌 도구로 생각하는 사람들이 있지. 마치 너처럼. 그래도 형식이의 형이니 말해주마. 중급 정령 급이면 저기 보이는 도랑 정도는 어렵지 않게 팔 수 있다네."

엘프 장로가 말한 도랑은 집 몇 채가 들어갈 정도로 크기가 컸다.

"아니, 이제 갓 소환된 정령이 저 정도 도랑을 팔 수 있다고요?"

"정령을 무시하지 말게나. 우리보다 더 고차원인 존재가 정령이라네. 소환에 익숙해지기만 해도 저 정도 도랑은 몇 개나 팔 수 있을 걸세."

생각보다 강한 힘을 내는 정령이 새롭게 보였다.

누런 강아지 같은 정령이 생각보다 유용할 것 같았다.

딱히 정령의 힘을 강제로 쓰고 싶은 생각은 없지만 형식이가 알아서 잘 사용할 것이다.

"형, 나 애랑 좀 놀다가 와도 돼?"

"장로님, 형식이 정령이랑 놀다가 와도 되겠죠? 다른 수업이 남은 것이 있나요?"

선생을 압박하는 학부모의 마음으로 장로에게 말했다.

"엘프어 공부를 하긴 해야 하지만 정령을 소환한 첫날이니 정령과 친해지는 시간을 가지는 것도 좋겠지."

"우와, 감사합니다. 그러면 놀다가 올게요."

형식이와 정령은 세계수 주변을 뛰어다니며 뒹굴었다.

얼마나 정령을 좋아라 하는지 얼굴에 땅의 정령을 비비고 난리도 아니었다.

"형, 얘 이름 지어줄래? 이름을 가지고 싶대. 형이 지어주라."

한껏 뛰어다니던 형식이가 돌아와 정령의 이름을 지어달라고 졸랐다.

뛰어난 작명 실력을 뽐낼 차례다.

체대를 나왔다고 해서 문학적인 능력이 절대 떨어지는 것은 아니다.

나는 긴 고민을 하지도 않고 머릿속에서 빵 하고 터지는 단어를 그대로 말했다.

"누렁이가 좋겠구나. 입에 착 감기지 않아? 누렁이. 우쭈쭈 누렁이 일로 와봐."

이름이 못마땅한가? 누렁이가 머뭇머뭇거리며 나에게서 멀어지고 있었다.

"누렁이? 음 그래도 형이 지어준 이름이니까. 앞으로 너의 이름은 누렁이야."

형식이와 누렁이는 다시 세계수 주변을 뛰어다녔다.

엘프 마을에 오니 리치 생각이 났다.

엘프 마을은 리치가 살고 있는 드래곤의 던전과 멀지 않았다.

나는 엘프 장로에게 형식이를 부탁하고는 리치를 만나기 위해 밀림을 벗어났다.

"어르신, 저 왔습니다."

나는 던전의 입구에서 그를 불렀고 리치는 던전 주위를 감싸고 있는 방어막을 해체해 나를 안으로 들어오게 했다.

"그래, 갔던 일은 잘되었나 보구나. 음……."

반갑게 나를 맞이하던 리치는 갑자기 심각한 표정을 지어 보이고 있었다.

무슨 일이지? 그가 나를 보고 이런 반응을 보일 이유가 딱히 생각나지 않았다.

"이리로 들어와 보거라."

드래곤의 던전을 관리하면서 연구를 쉬지 않았던지 실험 도구가 가득한 방 안으로 나를 데리고 들어오는 리치였다.

"이 유리병에 피를 담아보거라."

리치의 실험실에서 수십 번은 피를 뽑아준 경험이 있기에 익숙하게 피를 뽑아 유리병에 담아 그에게 건넸다.

그는 유리병을 받자마자 실험을 시작했다.

어찌나 심각한 표정으로 집중하는지 왜 그러는지 이유도 물어보지 못하고 한편에 앉아 그의 실험이 끝나기를 기다렸다.

"다시 피를 담아보거라."

유리병은 금세 비워졌고 나는 몇 번이나 피를 다시 담아주었다.

2시간이 넘게 실험을 계속하고 있는 리치에게 차마 먼저 가보겠다는 말도 하지 못하고 지루함과 싸우고 있었다.

*   *   *

끊어진 기억의 틈새에 처음 보는 장면들이 파노라마처럼 떠오른다.

검은색의 로브를 입은 사람의 모습이 보인다.

사람보다는 큰 체형을 가지고 있지만 전반적인 모습은 사람과 다르지 않았다.

그가 누군가와 얘기를 한다.

누구지? 낯이 익은 사람과 얘기를 하고 있다.

블라디미르다.

러시아의 왕으로 군림하던 블라디미르와 그가 대화를 나누고 있다.

무릎을 꿇고 울고 있는 블라디미르를 그가 위로하고 있다.

그의 몸에서 검은 아지랑이가 피어나 블라디미르에게 향한다.

블라디미르는 그 검은 아지랑이를 온몸으로 받아들이고 있다.

화면이 끊겼다.

검은색과 흰색이 머리를 어지럽힌다.

시끄러운 소음으로 가득 찼다가 조용해졌다.

다른 장면이 떠오른다.

검은색의 로브를 입던 사람이 다시 나타났다.

그의 주변에는 10명의 사람들이 있다.

인간이 아닌 모습을 하고 있는 존재들도 있다.

그들은 조용히 대화를 나누고 있었지만 상황은 심각했다.

금방이라도 전투가 벌어질 것만 같은 분위기이다.

"도어를 만들었으면 활용을 해야 되지 않습니까. 도어 바깥 세상을 정리하고 이곳과 연계를 하면 더는 몬스터 과포화 상태가 오지 않습니다. 안정적인 세상을 만들 수 있단 말입니다. 그러면 그분의 봉인을 풀어도 되지 않습니까?"

아무도 그의 의견에 동조하지 않고 있었다.

그들은 지금의 상황에 만족하고 있는 듯 보였다.

그들은 검은 로브를 입은 남자의 곁에서 멀어져 갔다.

답답한 표정을 하고 있는 검은 로브의 사내는 자리에서 일어났다.

그러고는 동굴 안으로 들어가 몸을 누였다.

피곤한 표정이 역력한 그는 금세 잠에 빠져들었고 주변은 조용해졌다.

그것으로 이번 화면은 끝이 났다.

다시금 시끄러운 소음이 주변을 어지럽혔고 화면이 바뀌었다.

이번에도 검은 로브를 입은 사내가 보인다.

그의 주변에는 10명의 존재가 곁에 있었다.

밝은 표정을 하고 있는 그들이다.

몬스터가 뛰어놀고 있는 초원을 걷고 있다.

너무도 평화로운 분위기이다.

그 초원을 지나 호수 근처로 이동한다.

호수를 가득 채운 몬스터들이 물을 마시기 위해 머리를 들이밀고 있다.

거기에 있는 모든 몬스터가 물을 마시기에는 호수의 물이 적어 보였다.

하지만 몬스터들 간의 다툼은 없었다.

자신의 옆을 파고드는 오크가 귀찮을 법도 하지만 오우거는 아무런 반응도 보이지 않는다.

그들은 호수를 지나 작은 오두막에 도착했다.

오두막 주변에도 수만 마리의 몬스터들이 맴돌고 있다.

몬스터들은 며칠을 굶었는지 얼굴이 좋아 보이지 않았다.

그런 몬스터들을 안쓰럽게 바라보는 그들이다.

오두막의 문이 열린다.

그 안에는 흰색 수염을 가슴까지 기른 사람이 모습을 보인다.

그가 모습을 드러내자 11명의 존재들은 고개를 숙여 인사를 한다.

그들의 모습에 수염을 멋들어지게 기른 사람이 환하게 웃어 보인다.

그가 두 팔을 벌려 그들을 환영한다.

그때 그들이 무언가를 꺼내 흰색 수염을 기른 사람의 가슴에 박아 넣었다.

그는 비틀거린다. 그러고는 점점 눈을 감는다.

하지만 그의 표정은 분노하거나 화나 보이지는 않는다.

씁쓸한 미소만을 지을 뿐이다.

그는 이미 이 상황을 예견하고 있었던 것처럼 보인다.

그들의 공격을 충분히 막을 수 있었지만 가만히 받아들였다.

그 장면을 끝으로 기억의 끈이 완전히 끊어졌다.

"하아, 하아."

거친 숨을 뱉어내면 돌 침대 위에서 일어났다.

"괜찮나? 봉인은 성공적으로 끝이 났다네. 더는 죽음의 기운이 너의 생명력을 빨아먹지 않을 거야."

리치의 말이 들려왔지만 머리가 정리가 되지 않아 그의 말이 허공만을 맴돌고 내 머릿속으로 들어오지 않았다.

한참이나 지끈거리는 머리를 부여잡고 이 고통이 끝나기를 기다렸다.

영원할 것 같던 고통이 끝이 나고 있다.

얼마의 시간이 흐른 걸까?

내 느낌으로는 몇 년은 이렇게 있었던 것 같은 기분이다.

"시간이 얼마나 흘렀습니까?"

"1시간도 되지 않았다네. 봉인 작업은 순조롭게 끝이 났네."

고작 1시간이다.

몇 년이 지난 것 같았지만 고작 1시간밖에 지나지 않았다.

머릿속에 너무도 많은 정보들이 떠다닌다.

정리되지 않은 정보들이었기에 무엇을 의미하는지는 알지 못했다.

"무엇을 본 건가? 왜 그렇게 고통스러워했나? 봉인 작업이 고통을 주지는 않았을 것인데."

"죽음의 기운의 원래 주인의 기억들을 읽었습니다. 그의 과거를 만났습니다. 그리고 그의 고통을 고스란히 느껴야만 했습니다. 인간이 견디기에는 너무도 거대한 감정이 흘러들어 왔습니다."

"그래도 정신은 붕괴되지 않아 다행이구나. 봉인 작업에 이런 부작용이 있을 수 있다는 걸 파악하지 못한 나의 잘못이다."

리치의 잘못일 리가 없다. 그는 나를 살리기 위해 드래곤의 보물에 손을 대며 노력했다. 절대 그를 탓할 수는 없다.

기억의 파편들을 정리하고 싶었다.

이 파편들이 정리를 하기 위해서는 시간이 필요하다.

여전히 지끈거리는 머리를 가지고는 기억의 파편들을 정리할 수가 없었다.

"조금 더 누워 있거라. 머리를 맑게 하는 약을 가지고 오겠다."

리치는 다시 한 번 드래곤의 보물 창고에서 상자 하나를 가지고 나왔다.

상자가 열리자 맑은 향이 뿜어져 나왔고 리치는 상자 안에 있는 약 하나를 나에게 주었다.

"먹거라. 머리를 맑게 해줄 것이다."

리치가 건넨 약이 무엇으로 만들었는지 물어보지도 않고 냉큼 입안으로 집어넣었다.

리치가 나에게 해를 끼치는 약을 줄 리도 없었고 한시라도 빨리 지끈거리는 두통을 떠나보내고 싶었다.

약을 먹고 짧은 잠을 자고 일어나니 한결 좋아졌다.

자리를 털고 일어났다. 리치는 내가 입을 열기까지 가만히 기다리고 있었다.

복잡한 나의 머리를 괴롭히고 싶지 않았기 때문일 것이다.

"감사합니다, 어르신."

"아니다. 괜히 고통을 주어 미안하다."

"아닙니다. 죽음의 기운을 봉인하기 위해서 어쩔 수 없이 찾아온 고통입니다. 절대 어르신의 잘못이 아닙니다."

"몸에 기운을 한번 돌려보거라. 다른 기운은 영향을 미치지는 않을 것이지만 확인을 해보거라."

리치의 말에 따라 기운을 끌어 올렸다. 오행의 기운들은 변함없이 충만하게 나의 몸을 채웠다.

리치는 정확히 죽음의 기운만을 봉인한 것이다.

"다른 기운들은 이상이 없습니다."

"그렇다면 다행이구나. 명심해야 할 것이 있다. 죽음의 기운을 봉인했다고는 하지만 완벽한 것은 아니다. 말 그대로 봉인했을 뿐이다. 봉인이 깨지지 않도록 조심해야 한다."

"봉인이 깨지기도 하는 겁니까? 어떤 상황이면 봉인이 깨지는 겁니까?"

"어지간한 충격에는 봉인이 깨지지는 않지만 강한 정신적 충격을 받게 되면 깨지게 된다. 그리고 정신적 충격 말고도 죽음의 위기가 찾아오면 봉인은 깨지게 되지."

"죽을 상황이 아니라면 깨지지 않는다는 말이네요."

"그렇다. 이 향로는 신이 만든 보물이라고 알려져 있지. 신이 내려와 이 세상을 지배하고 있던 악마를 봉인할 때 사용했던 향로다."

리치가 들고 있는 향로가 보였다.

확실히 드래곤은 달랐다.

신이 만든 물건까지 보물 창고 한편에 둘 정도라니.

머리가 맑아져서 그런지 딴 생각이 들기 시작했다.

드래곤의 보물 창고 구경 같은 것 말이다.

"드래곤의 보물 창고에는 어떤 물건들이 있습니까?"

"안 된다. 함부로 들어가서는 안 되는 곳이다."

아깝다.

나를 너무도 잘 알고 있는 리치는 보물 창고를 나에게 구경시켜 줄 마음이 없어 보였다.

"그럼 이만 가보도록 하겠습니다."

짧은 시간 동안 엄청난 일을 하고 왔기에 몸이 무거웠지만 움직여야 한다.

나는 엘프 마을에서 나를 기다리고 있는 형식이를 향해 이동했고 여전히 땅의 정령과 놀고 있는 형식이를 볼 수 있었다.

"아직도 놀고 있네요? 정령의 소환 시간은 얼마나 유지되는 겁니까?"

"정령 친화력을 얼마나 가지고 있는지에 따라 다르단다. 보통 성인 엘프가 중급 정령을 3시간 정도 소환할 수 있지. 엘프에 비해 형식이의 정령 친화력이 떨어져 보이지는 않구나."

흐뭇한 미소로 형식이를 바라보고 있는 엘프 장로였다.

"정령은 보통 한 마리만 계약할 수 있는 겁니까?"

"그것도 능력에 따라 다르지. 나만 해도 2종류의 정령과 계약을 맺었다. 능력에 따라 여러 종류의 정령과 계약을 맺을 수 있다."

"그러면 형식이의 능력은 어떤가요?"

"땅의 정령과의 친화력이 가장 뛰어나긴 하지만 다른 종류의 정령을 소환할 수 있을 것 같구나. 지금 당장은 힘들겠지만 계속해서 수련을 한다면 충분히 가능하다."

동생이 능력이 있다는 말을 듣고 싫어할 형이 있을까? 장로가 형식이를 칭찬하자 기분이 좋아졌다.

"형식아, 이제 집에 가야지. 그만 놀고 집에 가자."

형식이는 누렁이와 하던 흙장난을 그만하고 손을 털며 다가왔다.

"장로님, 그러면 내일 찾아올게요. 세계수도 잘 있어."

형식이는 장로와 세계수를 향해 손을 흔들고는 반지를 이용해 마을로 돌아갔고 나도 형식이를 따라 마을로 이동했다.

*   *   *

마을로 돌아온 뒤 시간은 빠르게 흘러갔다.

아무런 사고도 생기지 않았기에 수련생들은 수련에 전념하였고 나는 몬스터를 사냥하며 시간을 보냈다.

간간히 수련생들을 확인하고 그라니안과 2기 수련생들도 만나며 시간을 보냈다.

몬스터 범람과 전쟁이 끝난 지금 세계는 복구에 힘을 쓰고 있었다.

한국도 다르지 않았다.

그래도 나의 경고가 어느 정도는 먹혔는지 한국을 복구하려는 한국 정부의 움직임을 볼 수 있었다.

그리고 전국적으로 농사 붐이 일었다. 사람들은 정부에서 제공해 주는 값싼 씨앗과 농기구로 농사를 지었다.

물론 그 씨앗과 농기구를 살 능력이 되지 않는 사람이 더 많았지만 그래도 이전보다는 많은 사람들이 농사를 짓기 시작했다.

결실을 맺으려면 많은 시간이 필요했지만 희망이라는 게 생겨났다.

작은 변화였지만 사람들의 얼굴이 조금씩 밝아지기 시작했다.

여전히 대구로 이주를 원하는 사람들이 많았지만 더는 받아들일 수 없었다.

여전히 대구 안에 빈 공간이 많이 남아 있긴 했지만 그렇다고 해서 그들 전부를 받아들인다면 다른 도시들이 받는 타격이 상당할 것이다.

대구 이외의 지역을 생각한다면 인구가 밀집하는 것이 좋지는 않았고 헌터 협회의 도움을 받아 벽보를 붙였다.

더는 새로운 입주민을 받지 않는다는 내용의 벽보가 전국에 붙자 이주를 원하는 사람들은 줄어들었고 도시는 안정을 찾아갔다.

"사장님 이것 좀 보세요."

수련을 마치고 터덜터덜 돌아오는 사장과 추수를 데리고

막사 안으로 들어왔다.

"이게 뭔데? 왜 그렇게 호들갑이야?"

"사장님이 원하는 그것입니다."

내가 사장에게 보여준 것은 상품 전단지였다.

그 전단지에는 사장이 광적으로 좋아하는 것들로만 채워져 있었다.

"마정석으로 움직이는 자동차를 드디어 만들었구나. 역시 미국은 달라. 괜히 미국이 아니야."

"여기 오토바이도 있습니다. 그리고 조만간 항공기도 만든다고 합니다."

"연료 대신 마정석으로 움직이게끔 만든 거네. 다른 외형은 바뀐 게 없네."

"그러니 이렇게 빨리 만들 수 있는 거죠. 그래도 마정석을 이용해 이런 교통수단을 만든 게 어디예요."

"그렇지 근데 한국에도 출시가 된대?"

"이미 미국에는 팔리고 있고 조만간 한국에도 출시될 계획이라고 합니다. 미리 선주문을 받기 위해서 이 전단지를 뿌린 거겠죠."

"이거 한 대 가격이 얼마냐?"

"오토바이는 마정석 2개, 자동차는 3개예요."

"아니, 뭐가 그리 비싸?"

"그래도 한번 타면 고장 나기 전까지 연료를 투입할 필요가 없잖아요. 이 정도 가격은 감수해야죠. 아직 많은 양을 만들어내지는 못한다고 해서 10대 정도를 팔 수 있다고 하네요. 사장님은 오토바이가 좋아요, 아니면 자동차가 좋아요?"

"남자라면 오토바이지."

아직은 제조업 시장이 완전히 회복되지 않은 미국이었기에 기술은 있어도 많은 수를 만들어내지는 못했다. 하지만 몇 년 안에 모든 수련생에게 한 대의 오토바이나 차를 선물할 수는 있을 것 같았다.

러시아를 행군하면서 버린 시간들이 너무 아까웠다.

진작 이런 교통수단이 나왔으면 엄청난 시간을 단축할 수 있었을 것이다.

아이처럼 좋아하던 사장이었고 추수 또한 은근히 기대를 하고 있는 것처럼 보였다.

하지만 오토바이가 오기를 기다리던 우리는 뜻밖의 소식을 접하게 되었다.

"미국에 문제가 생겼다고? 무슨 문젠데 오토바이 배송이 안 된다는 거야?"

"도둑맞았답니다. 배송을 위해 컨테이너에 실려 있던 물건이 모조리 도난을 당했답니다."

"아니, 미국 놈들은 정신이 있는 거야 없는 거야? 마정석 2개나 하는 물건을 그렇게 쉽게 도난당하고 밥이 넘어간대 걔들은?"

"일단 마정석은 돌려받기로 했는데 다시 물건을 배송해 줄지는 의문입니다."

장난감을 뺏긴 아이가 돼버린 사장은 버럭 화를 내었다.

오토바이를 당장 받지는 못했지만 큰 손해는 아니기에 이번 사건은 그렇게 넘겼다.

하지만 이 사건은 우리가 생각한 것보다 심각한 사건으로 번져 갔다.

제8장
이상한 도둑

PURE
BRED
HUNTER

미국에서 사람이 찾아왔다. 한국 헌터 협회를 찾은 그는 콕 집어서 나를 만나고 싶어 했고 나는 모터바이크를 받을 수 있을까 해서 헌터 협회를 찾아가 그를 만났다.

검은색 양복과 흰 와이셔츠, 깔끔한 넥타이까지 전혀 헌터로는 보이지 않는 사람이었다.

"안녕하세요. 저를 보고 싶다고 하셨다면서요. 추용택입니다."

"네 반갑습니다. 데이비드라고 불러주세요."

유창한 한국어를 하는 그를 보니 헌터도 아닌 그가 한국을 찾아온 이유를 알 것만 같았다.

"무슨 일로 찾아오셨나요?"

"저는 미국 헌터 협회 전략기획실에서 일하고 있습니다. 현재 미국 내에서 도난 사건이 발생하고 있습니다."

그 도난 사건의 피해자 중 한 명이 나였기 때문에 도난 사건이 일어난 것은 알고 있었지만 이 일이 미국에서 사람을 보내 나를 만날 정도로 큰일이라고는 생각하지 않았다.

"들어서 알고는 있습니다. 그런데 그 정도 도난 사건이면 충분히 미국 내에서 처리할 수 있지 않나요? 저를 찾아온 이유를 도저히 모르겠습니다."

"처음 도난 사건은 컨테이너 안에 있는 물건들만 사라진 것이었습니다. 하지만 하루가 다르게 미국 전역에서 같은 도난 사건이 일어나고 있습니다. 마정석으로 움직이는 모터바이크 자동차는 물론이고 기차도 사라졌습니다. 그뿐 아니라 쇠로 된 물건이라면 모두 표적이 되고 있습니다."

마정석을 필요로 하는 자동차나 모터바이크 같은 물건들이 도난당한 것은 이해가 가지만 단순히 쇠로 만든 물건들이 없어진다는 것은 잘 이해가 가지 않았다.

목숨을 걸고 도둑질을 할 정도로 큰 값어치가 없는 물건들이다.

물론 쇠를 만드는 회사들이 제대로 돌아가고 있지 않는 지금 같은 시대에서는 옛날보다 쇠의 가격이 올랐다고는 하지만 그래도 위험 부담이 너무 컸다.

"주로 어떤 물건들이 도난당하나요?"

"쇠로 된 모든 것이라고 보시면 됩니다. 건물의 외곽 구조물은 물론이고 농기구와 식기류도 쇠로 만든 것은 모조리 없어지고 있습니다. 점점 없어지는 속도가 빨라지고 있습니다."

이 정도로 광범위하게 물건이 없어진다는 것은 절대 개인이 할 수 있는 것이 아니었다.

미국 전역에서 벌어지고 있는 도난 사건은 세력에 의한 것일 것이다.

그들의 목적이 무엇인지는 모르지만 막대한 양의 쇠를 필요로 하는 것 같았다.

"저희 측 추산으로 매일같이 500t 이상의 쇠붙이들이 사라지고 있습니다. 범인을 잡기 위해 미국 헌터 모두에게 수배령을 내리고 막대한 포상금도 걸었지만 아무런 소용이 없었습니다. 다른 국가의 도움이 필요합니다. 이미 유럽연합국에도 공문을 보내었고 그들이 추용택 님을 적극 추천했습니다."

데이비드가 온 이유를 알았다. 유럽연합국에서 바로소가 나를 지목했을 것이다.

괜히 자기 바쁜 일 하기 싫어 나를 찍은 것이 분명했다.

은혜도 모르는 나쁜 놈.

"저도 그렇게 시간이 많은 것이 아니라서……. 유럽연합국이라면 큰 도움이 될 겁니다. 미국에서 많은 수의 각성자를 동원해 러시아와의 전투를 승리로 이끌었으니 분명 유럽연합국에서 도움을 줄 겁니다."

매일같이 500t이상의 쇠붙이가 없어진다는 것은 큰일이긴 하지만 그렇다고 해서 내가 미국까지 갈 이유는 되지 않는다. 딱히 하는 일 없이 사냥을 하며 시간을 보내고 있긴 하지만 장거리 여행을 하고 싶은 마음은 전혀 없었다. 특히 머리 노란 애들을 보면 울렁증이 도진다. 영어 울렁증이……

"만약 도움을 주신다면 현재 ESM사에서 만들고 있는 모터바이크와 자동차에 대한 우선권을 드리겠습니다. 10대의 모터바이크를 신청하셨다고 들었습니다. 미국에 오시기만 해도 20대의 모터바이크를 드리겠습니다."

귀가 솔깃하다. 하지만 아직 부족하다. 그가 더 달콤한 말을 뱉을 때까지 그의 눈을 보며 기다렸다.

"그리고 범인을 잡거나 결정적인 단서를 제공해 주신다면 추가 100대분의 모터바이크를 더 드리겠습니다."

달콤하다. 이 정도 조건은 되어야 대화가 시작되는 것이다.

"모터바이크 100대를 만들 능력은 되는 건가요?"

거래에서 가장 중요한 것은 신용성이다. 이미 그들은 나에게 신용성을 잃을 만한 일을 했다. 주문한 10대의 모터바이크가 아직 오지 않고 있었다.

"걱정하지 마십시오. 현재 하루 10대의 모터바이크를 만들 정도의 시설과 재료들은 이미 확보했습니다. 10일 안에 100대의 모터바이크를 만들어 드릴 수 있습니다."

갈까, 말까? 아직은 고민이 된다. 마음을 굳힐 정도의 조건을 그가 말하고 있지 않다. 그렇다면 내가 제시를 하는 수밖에 없다.

"결정적인 단서를 제공한다면 100대의 추가 모터바이크를 준다는 것은 동의합니다. 하지만 만약 제가 직접 범인을 잡는다면 추가 200대의 모터바이크와 향후 6개월 안에 300대의 모터바이크를 저에게 먼저 판다고 약속을 해주신다면 미국으로 가겠습니다."

절대로 공짜로 달라는 것이 아니다. 정당한 돈을 주고 사는 것이다. 단지 앞자리 번호표를 달라는 것일 뿐이다. 그들은 이미 많은 양의 주문을 받았을 것이다.

지금 내가 주문을 한다고 해서 언제 물건을 받을지 모르는 일이다.

500대의 바이크면 전투부대원 전부에게 한 대의 모터바이크를 줄 수 있다.

생각만 해도 황홀하다.

500명의 부대원들이 동시에 모터바이크를 타고 전장을 누비는 모습이라니.

"알겠습니다. 범인이나 세력을 잡는다면 200대의 모터바이크를 무상으로 제공하고 300대분의 모터바이크를 우선 판매하도록 하겠습니다."

"구두계약은 좀……."

계약의 기본은 계약서 작성이다. 딴소리하는 사람을 워낙 많이 만나봤기에 말로 한 약속을 믿을 수가 없다.

"계약서를 바로 작성하도록 하겠습니다."

"그런데 이런 계약을 하실 수 있으신지."

이 정도 규모의 계약을 할 수 있는 사람이라면 최소 미국 헌터 협회 임원급은 되어야 한다.

하지만 헌터로 보이지도 않는 그가 헌터 협회의 임원급이라고는 생각되지 않았다.

나중에 꼬리 자르기 할지도 모르는 일이기에 당연한 의문이었다.

"이미 전권을 위임받고 한국으로 왔습니다. 그리고 미국 헌터 협회에서 이 정도 계약을 할 정도의 위치는 됩니다. 제가 헌터로서의 자질은 부족하지만 다른 재주가 많답니다."

확실히 미국은 다르구나.

헌터가 아닌 일반 사람을 능력을 보고 높은 자리에 주다니.

우리나라라면 상상도 할 수 없는 일이다.

헌터 협회가 제대로 굴러가지 않는 이유 중 하나가 두뇌가 없기 때문이다.

헌터들은 똑똑한 사람을 뽑기보다는 헌터로서의 무력이 강한 사람만을 중용했기에 브레인이라 불릴 사람이 없었다.

그런데 똑똑한 사람이 없다 보니 단체가 제대로 굴러갈 리가 있는가.

"그러면 바로 계약을 하도록 하겠습니다."

"언제쯤 출발이 가능하십니까? 제가 타고 온 항공기를 타고 이동하시면 될 것 같습니다. 최대한 빨리 준비를 마쳐 주시기 바랍니다."

딱히 준비할 것도 없었고 할 일도 없었기에 시간을 지체할 이유가 없었다.

"준비는 따로 필요하지 않습니다. 지금이라도 바로 출발할 수 있습니다."

"그러면 2시간 후에 출발하는 것으로 하겠습니다."

이미 텔레포트를 사용해 헌터 협회로 왔기 때문에 마을에 들를 수가 없었다.

헌터 협회장에게 부탁을 해 내가 미국에 간다는 것을 부대원들에게 전해달라고 했다.

자신을 통신용 비둘기로 생각하지 말라는 듯한 표정을 지어 보이는 협회장이었다.

그가 그런 표정을 짓는 것에 크게 신경 쓰지 않고 미국 헌터 협회 전용 항공기를 타고 미국으로 출발했다.

지금까지 타 본 비행기 중에 가장 안락한 좌석을 가지고 있는 비행기였다.

역시 미국이라는 말이 터져 나온다.

몬스터 범람에 큰 피해를 입은 것은 같았지만 복구 속도가
남달랐다.

이 정도의 항공기를 타고 출장을 나오는 나라는 미국이 유
일할 것이다.

안락한 좌석에 몸을 맡기고 미국으로 이동했다.

우리가 도착한 곳은 미국 자동차 산업의 중심이 되었던 디
트로이트였다.

디트로이트 공항에 내리자 낯익은 얼굴들이 우리를 기다
리고 있었다.

"안녕하십니까. 정말 오랜만이네요."

2차 몬스터 범람 전에 한국에 찾아온 헌터들이었다.

그들에게 몬스터 범람에 관한 정보를 준 적도 있었기에 그
들은 나를 정말 반갑게 맞이했다.

"미국에서 뵙게 될 줄은 몰랐습니다."

미국 교포로 보이는 남자가 대표로 나와 말을 건넸다.

미국 헌터 중에서 그와 가장 많은 대화를 나누었기에 그와
대화를 나누는 것이 서먹하지는 않았다.

사실 그 말고는 대화를 나눌 만한 사람이 없기도 했다.

영어를 할 줄 알아야 대화를 하든가 말든가 하지.

"제철소가 모여 있는 피츠버그도 이미 털렸습니다. 조지아
주도 상황이 다르지 않습니다. 지금 표적이 될 곳은 디트로이

트가 유력합니다."

공항에서 나와 임시 대책 본부가 구성된 디트로이트 헌터 협회에 도착하자 본격적인 회의가 시작되었다.

유럽연합국의 각성자들이 아직 도착을 하지 않았지만 한 시가 급한 상황이기에 그들을 기다릴 시간은 없었다.

"근데 정말 아무런 단서도 남기지 않고 그 많은 양의 쇠붙이를 훔쳐 가는 게 가능한 일입니까?"

상상을 해보았다.

오행의 기운을 이용해 제철소에 있는 쇠붙이들을 훔쳐 가는 상상을.

먼저 땅의 기운을 이용해 제철소에 난입한다.

바람의 기운으로 쇠붙이들을 땅속으로 모으고 이동시킨다.

걸리지 않을까? 바람의 막으로 주변을 봉쇄한다면 가능할 수도 있겠지만 여러 번 하다 보면 걸리게 마련이다.

"저희도 그게 의문입니다. 눈 뜨고 코 베인 상황입니다. 모든 공장과 시설에는 감시 병력이 존재합니다. 그들은 순찰을 쉬지 않고 돕니다. 그들 모르게 500t이나 되는 쇠붙이들을 훔쳐 가는 것은 불가능한 일입니다."

아무런 단서도 남기지 않은 그들을 잡기 위해서는 탁상공론이 필요하지 않았다.

직접 몸을 움직여 그들을 찾아 나서야 한다.

"그럼 저는 먼저 이동하겠습니다. 저와 같이 움직이시겠습니까?"

많은 사람과 함께 움직이면 기동력이 떨어진다.

하지만 영어 울렁증이 있는 나에게는 한 사람이 필요하다.

미국 교포 출신인 헌터가 말이다.

"알겠습니다. 제가 보좌해 드리겠습니다."

사람 좋은 미소를 지으며 그가 나의 옆에 섰다.

이제 움직여야 한다.

500대의 모터바이크를 위해 꼭 범인을 잡고 말 것이다.

자동차 산업의 중심지답게 디트로이트는 파괴된 공장들을 빠르게 복구한 것 같았다.

여전히 부서진 공장이 더 많긴 했지만 불을 밝히고 돌아가고 있는 공장의 모습을 보는 것이 오랜만이었다.

마정석을 이용한 발전소가 원자력 발전소보다 효율이 더 좋다는 것을 발견하고 사용한 지 오래되지는 않았다.

하지만 마정석 발전소는 중요 도시마다 세워졌고 그 에너지를 바탕으로 많은 것을 이룰 수 있었다.

"디트로이트에 쇠붙이 도둑이 나오는 것은 확실한가요?"

"우리는 도둑을 아이언맨이라고 부릅니다."

몬스터 범람이 일어나기 전 보았던 영화 제목과 같은 이름인 아이언맨이라고 불리는 도둑을 찾기 위해 디트로이트의 공장 위 한편에 잠복을 하고 있었다.

B급 헌터인 교포의 이름은 다니엘 킴이었다.

이민 3세대인 그는 부모님의 영향으로 어렸을 때부터 한국어를 교육받았고 한국 문화에도 익숙했다.

"아이언맨이라니. 조금 유치한 이름이네요. 저희가 알고 있는 아이언맨은 나름 정의를 위해 싸우는 영웅 아닌가요? 좀도둑에게 아이언맨이라는 이름을 붙이는 것은 좀 아닌 것 같네요."

"그냥 좀도둑이 아닙니다. 피해 금액이 상상을 초월합니다. 일반적인 쇠뿐만 아니라 산업용 시설까지 훔쳐 가는 놈들입니다."

사람을 다치게 하거나 죽이지는 않았기에 악독한 놈들 같지는 않았지만 그래도 남의 물건에 함부로 손대는 도둑인 것은 확실했다.

아무도 모르게 500t이 넘는 쇠들을 훔쳐 가기 위해서는 특별한 능력이 있을 것이다.

나와 같이 기운을 다루거나 하는 능력을 가지고 있다면 충분히 감지할 수 있다.

능력을 사용할 때 흘러나오는 기운을 감지해야 한다.

내가 감지할 수 있는 범위는 10㎞ 안팎이긴 하지만 디트로이트에서 가장 큰 자동차 공장을 목표 삼을 것이 분명했기에 여기서 잠복을 하고 있으면 놈을 잡을 수 있다고 판단되었다.

*　　　*　　　*

"아이언맨은 언제 처음 범행을 시작했나요?"

잠복은 지루하다.

아무것도 없는 여기서 지루함을 달랠 방법은 대화밖에 없었다.

별로 관심도 없는 아이언맨에 대해 다니엘에게 물어봤다.

"아이언맨이 처음 이름을 알린 것은 마정석 모터바이크가 포함된 컨테이너가 통째로 사라졌을 때입니다. 그것을 시작으로 저희는 아이언맨에 대한 조사를 시작했고 이전에도 이와 비슷한 일들이 있었다는 것을 알아냈습니다. 그의 첫 범행이 언제인지 정확히 알 수는 없지만 최소한 6개월 이전부터 도둑질을 했다는 것은 확실합니다. 6개월 전 작은 마을의 쇠붙이가 동시에 없어진 적이 있었는데 마을 사람 누구도 범인의 모습을 보거나 작은 단서도 알아내지 못했다고 합니다. 그가 아니라면 쇠를 노리고 이런 범행을 했을 리가 없습니다."

"그러면 그는 왜 쇠를 노리는 걸까요? 이왕 노릴 거면 더 값어치가 나가는 것을 노려도 될 건데 말입니다."

"저희도 그것에 대해 알아보려고 노력했지만 정확한 정보를 알아내지는 못했습니다."

"오늘 잡아보면 알겠죠. 왜 쇠를 훔쳤고 어떤 방법으로 훔 쳤는지에 대해서 말이죠."

자신감 넘치는 나의 말에 다니엘은 사람 좋은 미소를 지어 주었다. 그는 나의 말을 전적으로 믿고 있는 것 같았다.

"러시아와 유럽연합국의 전쟁에서 추용택 씨가 큰 역할을 했다고 들었습니다. 저도 전쟁에 참여하고 싶었지만 순위에 서 밀려 참가하지 못했습니다. 추용택 씨가 하는 전투를 직접 봤어야 하는데 아쉽습니다. 러시아와의 전쟁을 치른 동료 헌 터들이 입을 모아 추용택 씨 덕분에 이번 전쟁을 이길 수 있 었다고 했습니다. 한국을 방문했을 때도 추용택 씨가 대단하 다는 것을 알고는 있었지만 이 정도일 줄은 몰랐습니다."

"그렇게 대단하지는 않습니다. 동료 헌터들이 무슨 말을 했습니까?"

칭찬을 듣고 싫은 사람이 있을까? 고래도 춤추게 한다는 칭찬을 사람이 싫어할 리가 없었고 다니엘은 자신이 들은 나 에 대한 얘기들을 해주었다.

"추용택 씨가 움직이자 십만이 넘는 몬스터들이 강제로 길 을 터주었고 그 틈새를 뚫고 블라디미르와 치열한 전투를 벌 였다는 얘기를 들었습니다."

"그랬죠. 다른 얘기는 없습니까?"

"전투가 정말 치열했다고 알고 있습니다. 특히 검까지 떨 어뜨린 상태에서 추용택 씨가 블라디미르의 다리를 물고 늘어져 전투에서 이겼다고 알고 있습니다. 미국 헌터들 사이에서는 추용택 씨를 크레이지독이라고 부르기도 합니다."

젠장. 블라디미르의 다리를 무는 것을 누가 본 거지. 다들 전투에 바빠 나를 신경 쓸 틈도 없었을 건데.

한국에서 광견으로 불리는 것으로도 충분한데 세계적으로 미친개로 소문이 나다니.

괜히 물어봤어.

차라리 모르는 게 나았을 텐데.

눈치 없게 다니엘은 얼마나 많은 미국 헌터와 연합국의 헌터들이 나와 블라디미르의 전투를 보았는지 말하기 시작했고 나는 귀를 틀어막고 싶어졌다.

"쉿!"

크레이지독이라는 말을 더 듣기 싫어 그의 입을 막은 것이 아니다.

우리가 있는 공장 근처에서 알 수 없는 종류의 기운이 움직이는 것이 느껴진다.

쇠의 기운과 비슷하긴 하지만 다른 기운이다.

아이언맨이 분명했다.

"아이언맨이 나타난 것 같습니다. 따라오세요."

다니엘의 손목을 잡고 아이언맨이 기운을 내뿜는 곳으로 이동했다.

자동차 부품을 찍어내는 금형이 모여져 있는 공장이다.

큰 간판이 건물 지붕에 붙어 있었다.

'MOLD FACTORY'

"금형 공장입니다."

앞의 글자는 몰라도 팩토리가 뭔지는 알고 있었다. 굳이 이런 것까지 통역을 해줄 필요는 없다고 말하려다가 참았다.

"저기에 아이언맨이 있는 것 같습니다. 조심히 따라 오세요."

금형 공장 안은 아이언맨이 좋아할 만한 쇠붙이들이 널려 있었다.

가공 기계부터 금형까지 전부 쇠로 만든 물건들이다.

나와 다니엘의 주변에 바람의 막을 만들어 아이언맨이 우리의 기척을 느끼지 못하게 하고 그의 기운이 가장 강하게 뿜어져 나오고 있는 금형 공장 구석으로 이동했다.

"아무도 없지 않습니까."

다니엘의 말처럼 그곳에는 아무도 보이지 않았다.

하지만 여전히 기운이 흘러나오고 있다.

쇠의 기운과 비슷한 기운이다.

쇠의 기운을 극성으로 끌어 올린다면 모습을 볼 수 있을지도 모른다.

땅의 정령도 처음에는 보이지 않았다.

하지만 흙의 기운을 극도로 끌어 올리자 모습을 확인할 수 있었다.

쇠의 기운을 끌어 올리고 다시금 기운이 뿜어져 나오는 곳을 바라보았다.

흐릿하게나마 사람의 모습이 보이기 시작한다.

쇠의 기운을 한껏 끌어 올리자 모자이크처럼 보이던 사람의 모습이 선명하게 보이기 시작했다.

큰 화상을 입었는지 그의 얼굴은 엉망이었다.

울룩불룩한 피부와 구멍 2개가 없었다면 코가 없다고 생각될 정도였다.

손마저도 굳어 있어 보였다.

"여기서 잠시 기다리고 있으세요. 제가 잡아 오겠습니다."

다니엘을 바람의 막 안에 두고는 조심히 그에게 접근하기 시작했다.

이미 나의 은신 능력은 이전과는 비교도 되지 않을 정도로 발전한 상태다.

내가 내는 기척마저 사라지게 할 정도였다.

무언가를 집중해서 하고 있는 그의 뒤를 잡았다.

한 번에 그를 포박하기 위해서 바람의 끈으로 그의 상체를 묶고 흙의 기운으로 그의 다리를 붙잡았다.

당황한 그는 몸부림을 쳤지만 온몸이 포박되어 있는 상태에서 그가 할 수 있는 것은 없었다.

그가 가진 능력이 무엇인지는 몰라도 손가락 하나 움직일 수 없는 상태에서 무언가를 할 거라고는 생각되지 않았다.

"다니엘 씨, 나오세요."

그와 대화를 하기 위해서는 다니엘의 도움이 필요하다.

다니엘 주위를 막고 있던 바람의 막을 거두어들였고 다니엘은 땅속에 묻혀 있는 사람을 발견하고는 놀라워했다.

"아니, 아무것도 없었는데 어디 숨어 있었던 겁니까?"

"잘은 몰라도 쇠붙이 근처에 있으면 은신을 펼칠 수 있는 것 같은데. 자세한 건 직접 물어보자구요."

포박되어 있긴 하지만 좀 더 자세히 대화를 나누기 위해서는 그의 기운을 봉인할 필요가 있었다.

그의 기운이 뭉쳐져 있는 아랫배에 손을 얹고는 드래고니안에게 배운 기운 봉인법을 시전했다.

기운을 봉인했기에 그의 상체를 묶고 있던 바람의 끈을 거둬들이고는 대화를 시작했다.

"이름이 뭐야?"

심문의 기본은 인적사항을 물어보는 거지.

극악한 짓을 하는 놈은 아니었기에 부드럽게 물어보았지만 그는 입을 열지 않고 있었다.

역시 잘해주면 만만하게 보는구나.

"제가 할까요, 아니면 다니엘 씨가 할래요?"

"제가 하겠습니다. 전문적으로 교육도 받았고 이미 몇 번의 경험이 있습니다."

우리의 대화는 누가 그의 입을 열게 할 거냐에 대한 얘기였다.

다니엘은 능숙하게 그의 입에 천을 박아 넣고는 귀에 대고 무언가를 속삭였고 그의 몸은 부르르 떨렸다.

무슨 말은 한 거지? 말 한마디로 사람을 겁을 집어먹게 만들기는 쉽지 않은 일이다.

확실히 전문가는 달랐다.

만약 내가 저 자리에 있었다면 다짜고짜 주먹을 날렸을 것이다.

"이제 대화를 할 수 있을 겁니다."

그의 입에 박아 넣은 천을 빼며 말하는 다니엘은 사람 좋은 미소를 다시 한 번 나에게 날렸지만 전과 다르게 그의 미소가 무섭게 느껴졌다.

"이름은 뭐야?"

"조나단."

"조나단 너는 어떤 방법으로 도둑질을 한 거지? 500t이 넘는 쇠붙이를 담아 갈 만한 것은 보이지 않는데."

그는 몸뚱이 하나만 들고 이곳에 왔다.

분명 신기한 방법으로 쇠붙이를 옮겼을 것이다.

"나는 쇠를 흡수하는 능력을 가지고 있다."

"쇠를 흡수해서 뭐하려고? 공장이라도 차리려고 그랬나?"

"쇠를 흡수할수록 나의 힘이 강해진다. 조금만 더 쇠를 흡수했으면 이런 꼴을 당하지는 않았을 것이다."

"쇠를 흡수하는 능력 말고 다른 능력은 뭐가 있는데?"

쇠를 흡수해서 힘이 강해지면 어떤 능력을 펼칠지 궁금했다.

사람을 다치게 한 적이 없는 그였으니 분명 다른 목적이 있는 것이 분명했다.

"쇠를 이용해 내가 원하는 물건을 만들 수 있다."

"어떤 물건을 만들려고 했는데?"

"그것은 말할 수 없다."

다시 입을 다문 조나단이었고 나는 다니엘을 쳐다보았다.

그의 입을 열게 하는 것은 다니엘이 할 일이다.

다니엘은 이번에도 그의 입안에 천을 집어넣고는 귓가에 무슨 말을 속삭였지만 조나단은 아무런 반응도 보이지 않고 있었다.

목숨보다 자신이 만들고자 했던 물건이 더욱 중요한 것이다.

다니엘의 주먹이 그의 얼굴에 꽂힌다.

그의 팔을 잡고 비틀어 꺾었다.

끔찍한 소리가 공장 안을 울리고 있다.

꺾인 팔을 들어 올려 손가락을 부수고 있다.

그래도 조나단은 끝까지 입을 열지 않고 있다.

그가 이토록 숨기고자 하는 것이 무언이란 말인가.

"잠시만 멈춰보세요."

다니엘은 한창 흥이 나는 순간 내가 멈추라고 했던 건지 아쉬운 표정을 짓고 있었다.

"조나단, 당신 지금 몸을 살펴보세요."

부서진 팔과 손가락을 훑어보는 조나단이었다.

"이런 쓸모도 없는 몸뚱아리, 없어져도 상관없다."

"제가 한 말은 육체를 뜻하는 것이 아닙니다. 쇠를 다루는 당신의 힘을 살펴보세요."

그는 내가 무슨 말을 하고자 하는지 잘 이해를 못 한 건지 통역이 제대로 되지 않은 건지 한참이나 인상을 찌푸리다가 소리쳤다.

"나한테 무슨 짓을 한 거냐? 왜 몸에서 아무런 기운도 느껴지지 않는 거냐."

"없어진 것은 아닙니다. 제가 잠시 봉인시켜 놓은 것일 뿐입니다. 하지만 그 기운을 없애 버릴 수도 있습니다. 무엇을 숨기려고 하는지는 잘 모르겠지만 기운을 돌려받고 싶다면 입을 여는 것이 좋을 겁니다."

"하지만……."

고민에 빠진 조나단이다. 당근을 쥐여주면 입을 열게 되어 있다.

그가 다른 생각을 하지 못할 정도의 큰 당근을.

"힘을 돌려드리는 것은 물론이고 안전하게 돌아갈 수 있도록 도와드릴 수도 있습니다. 저는 미국 헌터 협회의 소속이 아닙니다."

"추용택 씨!"

다니엘은 나의 말을 듣고는 통역을 하지 않고 날카롭게 쏘아보았다.

"괜찮아요. 다 입을 열게 하려고 하는 말이니까요."

"그렇다면야 다행이지만 절대 이놈을 풀어줄 수는 없습니다. 미국 전역에서 이놈 때문에 입은 피해가 상상을 초월합니다."

"걱정하지 말고 통역 마저 해주세요."

다니엘은 조나단에게 내 말을 그대로 전했고 다니엘의 굳게 닫힌 입이 열리려고 하고 있었다.

"완성이 코앞이다. 지금 멈출 수는 없다. 제발 기운을 돌려주길 바란다."

"알겠으니까. 무엇을 하려고 엄청난 양의 쇠를 훔쳐 갔는지 말해주세요."

조나단은 한참이나 머뭇거렸다. 입을 달싹거리는 모습을 보고 있자니 속이 터질 것 같았다.

"사실 나는 평생을 불구로 살아왔었다. 지금 이렇게 움직이는 것 자체가 기적이지."

한번 입을 열기 시작하자 봇물이 터진 것처럼 말을 쏟아내기 시작하는 조나단이었다.

"평생을 불구로 살아온다는 것이 무엇을 의미하는지 알고 있나? 이 얼굴을 하고 학교를 가는 것은 꿈 같은 일이지.

화장실을 갈 때도 마스크를 쓰고 갔다.

거울에 비친 나의 얼굴을 보고 싶지 않았거든.

하지만 몬스터 범람이 일어나고부터 내 삶은 바뀌기 시작
했다.

우연히 내 능력을 깨달은 것이지."

*　　　　*　　　　*

조나단의 가슴 아픈 추억은 다큐멘터리에서나 보는 얘기
였다.

기형으로 태어난 데다가 엎친 데 덮친 격으로 화상까지 입
어 밖을 돌아다니지 못할 정도로 망가져 버린 얼굴을 가지게
된 그가 불쌍하긴 했지만 그렇다고 해서 지금 하고 있는 일을
그냥 넘어가 줄 수는 없었다.

"몬스터 범람 때 능력을 각성한 건가?"

"그렇다. 내가 가진 능력은 쇠를 흡수하는 능력이었지. 쇠
를 흡수할수록 몸에 힘이 돌아왔다. 이 팔을 보아라."

그는 옷을 걷어 왼팔을 내밀었다.

화상을 입어 형체가 뭉개진 오른손과는 다르게 왼손은 정
상적인 모습을 하고 있었다.

단지 피부색이 조금 다른 것만 제외하고는 말이다.

"원래 왼팔의 화상이 더 심했다. 아예 손가락이 없었지. 하지만 쇠를 흡수하니 손가락이 생겨나기 시작하고 근육이 정상으로 돌아왔다. 흡수한 쇠붙이들이 육체를 재구성한 것이다."

"육체를 재구성하기 위해 쇠붙이 도둑질을 시작하게 된 거군. 집에 있는 쇠붙이는 한계가 있으니 말이다."

"손가락 하나를 재구성하기 위해서 얼마나 많은 양의 쇠붙이가 필요한지 아는가? 몇백 톤의 쇠를 흡수해도 손가락 하나 제대로 재구성하기 힘들다. 그러니 멈출 수가 없는 것이지."

"단순히 육체의 재구성을 하기 위해서라고 하기에는 다니엘 너의 반응이 이해가 되지 않는데."

머뭇머뭇. 다행히 그는 입을 닫지 않고 말을 이어 나갔다.

"육체가 재구성된다고 해서 내가 평범한 사람처럼 살아갈 수는 없다. 그렇다면 새로운 몸을 만들면 되는 것이다. 아이언맨의 슈트처럼 말이다. 이미 대부분을 만들었다. 이곳의 쇠붙이들만 흡수하면 완성이 된다. 오늘만 나를 모른척해 준다면 이 은혜를 잊지 않겠다."

다니엘을 쳐다보았다. 조나단의 말이 사실인지 아닌지 그도 헷갈려하는 것 같았다.

현대의 기술력으로는 아이언맨의 슈트를 만드는 것은 불가능했다.

하지만 그가 만들 능력이 된다면? 그 슈트의 실체를 보고 싶기도 했고 슈트의 능력이 궁금하기도 했다.

"슈트가 어디에 있지? 슈트의 실물을 본다면 오늘 일은 모른척해 주겠다."

"그것은 절대 알려줄 수 없다. 나의 마지막 희망이다.

"그래? 그러면 어쩔 수 없지. 이만 가봐."

그의 몸을 일으켜 세워주었다. 그뿐 아니라 봉인된 기운도 풀어주었다.

"추용택 씨, 어쩌시려고 그러십니까? 풀어줘서는 안 됩니다."

"기다려 보세요. 다 생각이 있어서 그러는 거니까요."

조나단은 의심의 눈초리를 풀지 않고 쇠를 흡수하기 시작했다.

금형 공장 안에 있던 모든 쇠붙이가 그의 몸으로 모여들기 시작했다.

마치 자석에 쇠가 붙듯이 쇠들이 그의 몸으로 흡수되었고 금형 공장은 빈 창고가 되어버렸다.

조나단은 급히 몸을 숨겨 공장을 빠져나가고 있었다.

"따라가죠."

그가 알려주지 않는다면 그를 쫓아가면 되는 것이다.

그가 향하는 곳에 그가 만들었다는 슈트가 있을 것이다.

몇천 톤의 쇠를 흡수해서 만들었다는 슈트가 어떤 능력을 가지고 있을지 정말 궁금해 참을 수가 없었다.

어느 정도 거리가 벌어지면 쫓아가야 했지만 호기심이 나를 재촉했다.

조나단의 기운에 집중하기 있었기 때문에 그가 기운을 일으키지 않는다고 해서 그를 쫓아가는 것이 힘들지는 않았다.

제9장
거대 슈트

그가 도착한 곳은 아무것도 없는 폐광산이었다.

정말 아무것도 없는 폐광산에서 그가 작업을 하고 있는 것이다.

주위를 밝히는 빛조차 없어 어두운 그곳이었지만 그의 모습을 찾는 것은 어렵지 않았다.

어둠이 나의 눈을 가릴 수는 없기에 그의 모습을 생생히 볼 수 있었다.

도구 하나 보이지 않는 곳에 슈트가 있는 걸까?

슈트는커녕 쇠붙이 하나 보이지 않는 이곳에서 슈트 제작을 하고 있다고는 생각되지 않았다.

우리가 자신의 뒤를 밟았다는 것을 알고는 이곳으로 유인한 것인가?

조나단이 조심성이 강해 이곳으로 우리를 안내했다는 나의 생각은 틀렸다.

그의 손에서 빛이 난다.

손에서 용광로에서 막 나온 듯한 쇳물이 흘러나오기 시작한다.

쇳물은 아무렇게나 바닥으로 떨어져 내리는 것처럼 보였지만 형상을 만들기 시작한다.

다리와 몸통 그리고 머리까지 아직 조립이 덜 된 상태로 나온 슈트였다.

저걸 슈트라고 부를 수 있을까?

그가 생각하는 슈트와 내가 생각하는 슈트와는 거리감이 있었다.

나는 아이언맨 영화에서 보는 그런 슈트를 생각했지만 그가 만들고 있는 슈트는 그런 종류가 아니었다.

로봇을 만들고 있는 것이다.

그것도 엄청난 크기의 로봇을.

아직 조립을 하지 않은 상태였기에 폐광산 안에 있을 수 있는 거지 조립이 완료되면 폐광산의 높이보다 더 높아질 슈트였다.

오우거보다 배는 커 보이는 슈트.

그는 슈트의 상반신과 머리 부분을 조립하기 시작했다.

나사나 접착제가 존재하는 것도 아니었지만 머리를 상반신에 가져다 대고는 쇳물을 들이붓는다.

그 쇳물이 응고되자 머리와 상반신의 조립이 끝이 났다.

그는 바로 하반신을 조립하려다가 슈트의 크기가 광산보다 클 거라는 걸 알아챘는지 다시 슈트를 몸으로 흡수하고는 밖으로 나왔다.

우리는 그를 뒤쫓아 나왔고 그는 밖으로 나오자마자 슈트를 다시 소환해 내고는 나머지 조립 작업을 시작했다.

조립 작업이라고 해봐야 오랜 시간이 걸리지는 않았다.

거의 완성된 단계의 슈트였기에 조립부에만 쇳물을 붓고 있는 것이다.

그의 말대로 슈트의 제작은 막바지에 다다라 있었고 그의 모습을 지켜본 지 1시간도 되지 않아 완성된 슈트의 모습을 볼 수 있었다.

공상 과학 만화에서나 보던 로봇이 완성되어 있었다.

정말 움직이기나 할까 싶을 정도로 엄청난 덩치를 가지고 있는 슈트의 가슴이 열렸다.

조나단은 미친 듯이 웃어 보이고는 슈트 안으로 몸을 밀어 넣었다.

쿵.

슈트의 발이 움직인다.

빠르지는 않지만 그렇다고 해서 둔하지도 않은 움직임이었다.

조나단은 슈트의 힘을 확인하고 싶은 건지 근처에 있는 나무에 주먹을 찔러 넣었다.

단단한 쇠주먹에 나무는 산산조각이 나서 쓰러졌다.

"저거 대단한데요?"

"위험한 물건입니다. 개인이 가지고 있기에는 너무도 위험하고 강력한 물건입니다."

호기심 가득한 눈으로 슈트를 바라보는 나와는 달리 다니엘은 심각한 표정을 지으며 슈트를 바라보고 있었다.

저 슈트를 전략적인 무기로 보고 있는 것 같았다.

"이 정도 구경했으면 충분하겠죠? 이제 모습을 드러내고 슈트를 회수할까요?"

처음부터 조나단을 풀어줄 생각은 없었다.

슈트의 실체가 궁금했기에 그를 풀어주었던 것이고 이제는 그가 꿈에서 깨어날 시간이다.

모터바이크 500대 분량의 현상금이 걸려 있는 그를 풀어줄 수는 없다.

그리고 저 슈트를 가진 순간부터 조나단의 위험 등급은 엄청나게 올라갔다.

내가 그에게 다시 자유를 줬기에 내가 해결해야 한다.

미국의 헌터들이 그를 잡기 위해서는 엄청난 피해를 입어야 할지도 몰랐다.

쇠만 근처에 있다면 몸을 숨길 수 있는 그의 능력이 그를 잡기 힘들게 만들 것이고 만약 그가 게릴라 작전으로 치고 빠진다면 미국의 헌터들이 어떤 고생을 하게 될지 눈에 선했다.

"이제 그 정도 했으면 충분히 즐겼지?"

굳이 통역을 해주지 않아도 되는 말을 다니엘이 조나단에게 큰 소리로 통역해서 말해주었고 다니엘은 힘자랑을 하기 위해 부수던 나무를 내려놓고는 우리를 바라보았다.

"나를 막을 수 있을 것 같나? 슈트를 입은 이상 나를 이길 수 없을 것이다."

자신감에 가득 찬 그의 목소리.

슈트의 파괴력을 믿고 있는 그였지만 단순히 덩치 큰 괴물을 상대로 쫄 이유는 없다.

저 정도 능력을 가지고 있는 자연계 몬스터를 나는 몇 번이나 만나보았다.

쿵. 쿵. 쿵.

덩치가 뛴다.

땅이 울릴 정도로 엄청난 무게를 가지고 있는 조나단이 생각보다 빠른 속도로 다가왔다.

슈트는 공룡의 발자국이라고 해도 믿을 수 있을 정도로 큰 발자국을 남기며 눈앞까지 다가와 나를 뭉개 버리려는 듯이 주먹을 위에서 아래로 내려찍었다.

주먹을 충분히 막을 수 있었지만 굳이 막아야 될 이유는 없었다.

빠르긴 하지만 피할 수 있는 속도로 다가오는 쇳덩어리를 흘려보내고는 유독 빛을 내고 있는 그의 가슴을 가볍게 발로 찼다.

아마 훔친 모터바이크의 중요 부품인 마정석 엔진을 응축해서 만든 부분으로 예상되었다.

펑!

가볍게 찬 것치고는 큰 폭발음이 들려왔다.

가슴 부위가 약점인 게 분명했다.

"생각보다 약한데. 덩치값을 좀 하지."

이번에는 다니엘이 내 옆에서 한참이나 떨어져 있어 통역을 해주지 않았지만 비아냥거리는 표정으로 내가 무슨 말을 한 건지 이해한 조나단이 급하게 몸을 일으켜 세워 나에게 몸통 박치기를 시도했다.

몇백 톤은 가볍게 넘어갈 것 같은 슈트의 몸통 박치기라면 온전한 건물도 부술 수 있는 파괴력을 가지고 있을 것이다.

그는 나를 노리고 달려왔지만 가뿐히 하늘을 날아 피해내었다.

목표를 잃은 그는 꼴사납게 바닥을 굴렀다.

강한 몸체와 능력을 가지고 있다고 해서 활용할 줄 모른다면 덩치 큰 몬스터와 다르지 않다.

만약 저 안에 타고 있는 사람이 조나단이 아니라 전투에 능숙한 헌터였다면 상황은 조금 달라졌을 것이다.

하늘을 날고 있는 나를 유심히 바라보던 조나단의 발에서 불꽃이 생겨나기 시작했다.

"하늘도 날 수 있는 거야?"

그의 발에서 생긴 불꽃만으로는 저 덩치를 하늘로 띄울 수 없겠지만 다른 원리가 포함되어 있는지 수백 톤이 넘는 덩치가 하늘을 날고 있었다.

전투에는 무지해도 과학적인 지식은 뛰어난 건가? 내 머리로는 이해가 되지 않는 능력을 선보이는 조나단의 슈트였다.

나는 하늘을 날아올라 나를 자신의 손아귀 안에 붙잡기 위해 연신 허우적거리는 그의 손을 피해 좀 더 슈트의 능력을 확인하고 있었다.

이 정도 힘과 속도 그리고 여러 가지 능력이라면 SS급 헌터의 능력과 비슷한데.

만약 대량 생산을 할 수 있다면 가치가 높아지겠어.

수백 명의 헌터가 이 슈트를 입고 몬스터를 학살하는 장면이 그려졌다.

자연계 몬스터나 보스급 몬스터도 충분히 상대가 가능할 것 같았다.

조나단은 손에 잡힐 듯 잡히지 않는 나를 붙잡는 것을 포기하고는 벨트를 풀었다.

벨트는 채찍으로 변하였다.

쇠로 만든 벨트라고는 생각되지 않을 정도로 유연하고 빠르게 움직였다.

내가 있는 방향으로 아무렇게나 휘두르는 채찍을 바람의 기운으로 속박했다.

채찍을 빼내기 위해 온갖 힘을 쓰고 있는 조나단의 옆으로 다가가 가슴 부위를 뜯어내기 위해 손을 찔러 넣었다.

그가 처음 들어가기 위해 열린 곳이었기에 다른 부위보다 강도가 떨어졌지만 손으로 뜯어내는 것은 무리였다.

육체의 힘으로 불가능하다면야 기운을 사용하면 되는 거지.

그의 가슴팍에 찔러 넣은 손에 불의 기운을 끌어 올렸고 손 주변의 쇠가 달아오르기 시작했다.

달아오른 쇠가 쇳물로 변하기까지 오랜 시간이 필요하지도 않았다.

끼익.

낡은 쇠문이 열리는 소리가 슈트에서 들려왔다.

가슴이 열리기 시작하고 조나단의 당황한 표정을 볼 수 있었다.

이 상황이 이해가 가지 않는 듯 그는 멍해져 있었다.

나를 떼어내기 위해 손을 놀리지조차 못하고 있었다.

그런 그를 슈트 밖으로 끄집어내었고 그의 기운을 봉인해

버렸다.

이미 슈트의 존재를 확인했기 때문에 그의 능력을 그대로 둘 이유는 없었다.

"이제 끝났어요. 오세요."

멀찍이 떨어져 구경을 하고 있는 다니엘이 나의 말을 듣고 재빨리 다가왔다.

"슈트 멋있네요. 가치가 매우 높은 물건입니다."

아직도 당황한 기색을 숨기지 못하고 있던 조나단이 죽어가는 목소리로 말을 했다.

"한 명의 헌터도 이기지 못한 것이 뭐가 뛰어나다는 거냐. 내가 만들고자 했던 것은 이렇게 나약한 힘을 가진 슈트가 아니었다. 몬스터를 한 손으로 찢어발기는 그런 슈트를 만들고 싶었다."

"몬스터의 종류에 따라 다르긴 하지만 일반 몬스터를 상대로는 가능할 것 같은데요. 아마 오우거 열 마리 정도는 가뿐하게 상대할 수 있을 것 같아요."

내 말이 싸구려 위로라고 생각한 건지 그의 표정은 전보다 더욱 나빠 보였다.

지금의 상황에서 어떤 말을 한다고 해서 그의 표정이 달라질 것 같지는 않았다.

대화가 필요 없다면 이제는 끝을 봐야 한다.

"아이언맨을 포획했다고 미국 헌터 협회에 알려주세요."

다니엘은 보급받은 무전기를 꺼내들고는 수신을 시도했지만 거리가 너무 떨어져 있어 무전이 제대로 되지 않는지 한참이나 이동하여 무전을 하고는 돌아왔다.

"20분 안에 온다고 합니다. 그때까지만 붙잡아달라고 합니다."

20분도 되기 전에 모습을 드러낸 미국 헌터들은 거대한 로봇과 같은 슈트의 모습을 보고 입을 다물지 못했다.

그들은 조나단을 포박하고는 차에 태웠고 슈트도 같이 이동시키기 위해 트럭 위로 올리려고 했지만 인간이 들기에는 너무 무거운 덩치를 가지고 있는 슈트를 트럭 위로 올릴 방법을 찾지 못하고 있었다.

"도와드릴까요?"

마정석 엔진을 단 모터바이크 500대를 받을 생각에 부푼 상태였기에 그들 대신 슈트를 들어 올려 트럭 위로 올려주었지만 트럭이 슈트의 무게를 견디지 못하고 부서져 버렸다.

"제가 대신 들고 가야겠네요."

슈트를 바람의 기운으로 들어 올려 그들과 함께 디트로이트 중심부에 위치한 임시 본부로 이동하였다.

*　　　*　　　*

디트로이트의 임시 본부에 도착해서도 그의 멍한 눈은 풀리지 않고 있었고 그의 주변에는 미국 헌터 협회장을 비롯한 여러 인사가 자리를 지키고 있었다.

그의 정신을 차리게 하기 위해 여러 말을 쏟아내는 그들이 었지만 조나단은 아무런 미동도 하지 않고 내가 들고 온 슈트 만을 하염없이 바라보고 있었다.

"이제 정신 좀 차리지. 네가 만든 슈트는 진짜 대단한 거였 다니까."

나의 통역사로 참가한 다니엘이 조나단에게 말했지만 그 는 눈썹을 잠시 찌푸리는 것 말고는 이렇다 할 행동도 말도 하지 않았다.

그에게 말을 거는 것을 포기한 미국 헌터 협회장이 나에게 다가와 인사를 건넸다.

감사의 인사를 건네려면 도착하는 즉시 하든가. 지금에 와 서야 인사를 하는 것은 조금 늦은 감이 있었기에 나는 그의 인사를 대충 받았다.

"범인을 잡고 이 무거운 로봇을 들고 오시느라 수고가 많 으셨습니다."

"로봇이 아니라 슈트입니다."

옆에 있는 고철 덩어리가 로봇인지 슈트인지는 중요하지 않았지만 괜히 협회장에게 쏘아붙이고 싶어 말꼬투리를 잡았 다.

"아, 그렇군요. 이걸 정말 저자가 타고 다녔단 말입니까?

믿기지 않는군요. 현대의 기술력으로는 이만한 로봇을 만들 수도 없고 게다가 안에 사람이 탑승해서 조종을 할 수 있게는 못 합니다."

끝까지 슈트라고 부르지 않는 협회장도 은근 고집이 있어 보였다.

"생긴 거와 달리 꽤나 날렵하게 움직였습니다. 만약 이 슈트를 잘만 활용한다면 몬스터 사냥에 대한 피해를 획기적으로 줄일 수 있을 것 같습니다."

이 슈트를 만들기 위해 수천 톤의 쇠붙이를 흡수한 조나단이었지만 쇠의 기운을 충분히 흡수한 그였기에 다시 슈트를 만들 때에는 전보다는 적은 양의 쇠만 있으면 충분할 것이다.

"정말 그렇게 생각하십니까? 덩치만 크지 그렇게 활용성이 있어 보이지는 않는군요."

협회장의 말에 나는 주위를 둘러보았다. S급 헌터 2명이 이 자리에 있었고 SS급 헌터는 보이지 않았다.

"주변에 S급 헌터 2명과 A급 헌터 10명 정도가 있지요?"

"그렇습니다. 저와 부협회장이 S급 헌터지요. 그리고 A급 헌터 10명은 주변을 지키고 있습니다만 갑자기 왜 그것을 물어보십니까?"

"이 슈트에 조나단이 탑승했다면 여기에 있는 인원만으로는 절대 그를 막을 수 없습니다. 아니, 막는 것은 둘째 치고 목숨이 위험하겠지요."

"정말입니까?"

"게다가 슈트는 헌터와의 전투보다 몬스터와의 전투에 더욱 특화되어 있습니다."

벨트를 풀어 채찍처럼 사용하는 기술을 밀집해 있는 몬스터에게 사용한다면 주변을 싹 쓸어버릴 수 있는 위력이 있었다.

협회장에게 조나단의 슈트가 얼마나 위력적인 물건인지 한참을 설명하다가 내가 왜 이런 말을 하고 있는지 의문이 들어 말을 끊고 피곤하다는 핑계를 대며 숙소로 이동했다.

"피곤하십니까?"

나를 따라 숙소로 이동해 온 다니엘이 물었다.

그는 방금 회의에 참석할 능력은 되지 않았지만 나의 통역사 역할로 참석했기에 고무되어 있는 상태였다.

우러러보던 사람들을 바로 옆에서 바라보니 기분이 좋을 만도 했다.

"피곤하지는 않은데 저기 있어 봤자 딱히 다른 할 말도 없고 해서 그냥 나왔습니다."

"아, 그렇군요."

아쉬운 표정이 역력한 다니엘이었다.

자신이 언제 또 이런 회의에 참석할 수 있을지 몰랐기에 아쉬운 표정을 짓는 것 같았다.

"저는 언제 한국으로 돌아가면 되는 겁니까? 제가 할 일은 다 끝낸 것 같은데요."

"아직 정식 허가는 떨어지지 않았지만 추용택 씨가 원한다면 당장 내일이라도 항공기 사용 허가가 떨어질 겁니다. 오실 때와 마찬가지로 편안하게 한국으로 모셔다 드리겠습니다."

"알겠습니다. 그러면 내일 한국으로 돌아가고 싶네요. 그런데 물건은 제대로 받을 수 있는 거겠죠?"

"걱정하지 마십시오. 이미 계약서까지 작성한 상태인데 모른 척할 리는 없습니다. 미국의 헌터 협회가 그렇게 약속을 막 어기는 단체는 아닙니다."

"그러면 믿겠습니다."

그의 말처럼 세계 제일의 헌터 협회라는 미국 헌터 협회가 한번 했던 약속을 뒤집을 리는 없다는 생각이 들자 편안히 자리에 누워 내일이 오기를 기다렸다.

"그동안 고생이 많으셨습니다. 물건은 준비가 되는 양만큼 보내 드리도록 하겠습니다. 3달 안에 모든 물건을 보내 드릴 것을 약속드립니다."

한국에서 나를 꼬셨던 사람이 나와 감사의 인사를 건넸고 옆에는 다니엘이 손을 흔들고 있었다.

딱히 미국 관광을 하고 싶은 마음은 없었기에 바로 한국으로 이동하기로 했다.

아무리 세계 제일의 나라 미국이라고는 하지만 몬스터 범람으로 인해 부서진 도시를 구경하고 싶지는 않았다.

만약 몬스터 범람 전에 미국에 방문했다면 몇 날 며칠이고 구경을 했을 테지만 지금은 아니었다.

마음 편히 지낼 수 있는 마을로 돌아가고 싶었다.

"그럼 다음에 뵙겠습니다."

그들과 또 보고 싶은 생각은 없었지만 일단 예의상 다음에 보자는 말을 하고는 항공기에 탑승했다.

나 혼자 한국으로 가는 것이기에 딱히 항공기를 타고 한국으로 돌아갈 필요는 없었지만 편안한 좌석이 구비된 항공기를 타는 호사를 언제 또 누려보겠냐는 생각이 들어 항공기에 탑승해 한국으로 이동했다.

하늘에서 바라본 지구는 이전과 다르지 않았다.

가까이서 보면 부서진 잔해들과 상처받은 사람들의 울음소리가 가득하겠지만 하늘 위에서 바라보았을 때는 조용하고 아름다운 모습이었다.

한국에 도착하고 간단하게 협회장에게 미국에서 있었던 일들을 말해주고는 미국에서 물건이 오면 연락을 달라고 했다.

설마 한국 헌터 협회에서 삥땅을 치지는 않겠지?

만약 그런 일이 생긴다면 헌터 협회를 한바탕 엎어버리겠다는 마음을 먹고는 대구로 이동했다.

"저 돌아왔습니다."

내가 없어도 활기찬 마을이지만 나의 모습을 발견한 마을 사람들은 더욱 활기가 맴돌았다.

마을 사람들은 서로를 가족으로 생각하고 있었고 나 또한 그들의 가족이었다.

"그래 수고했네. 미국에 갔다는 소식은 들었네. 그래 미국은 어떤 모습을 하고 있던가? 몬스터 범람 전에는 미국에 여러 번 간 적이 있었지만 최근에는 가본 적이 없어 어떤 모습으로 변했는지 궁금하구만."

대학에서 기계공학을 가르쳤던 신 교수였기에 미국에 세미나나 학회를 참석하러 여러 번 다녀왔을 것이다. 그는 변한 미국의 모습을 궁금해했다.

"우리나라와 그렇게 많이 다르지는 않습니다. 그래도 공장의 굴뚝에서 슬슬 연기가 피어오르려고 하고는 있었습니다."

"그래? 다행이구만. 우리나라도 어서 빨리 산업 시설을 복구해야 할 텐데. 큰일이야. 이렇게 발전 없이 지내다가는 뒤처지고 말 걸세."

"그렇죠 뭐."

신 교수는 조나단에 대한 얘기를 손뼉을 치며 좋아했다.

특히 로봇과도 같은 슈트를 그가 만들었다는 얘기를 듣고는 실제로 보고 싶어 안달이 난 모습이었다.

역시 새로운 지식을 좋아하는, 천생 학자인 그였다.

마을로 돌아온 일상은 전과 다르지 않게 흘러갔다.

여전히 루카라스에게 지옥의 수련을 받고 있는 수련생들이었다.

그들의 실력은 일취월장하여 이제는 웬만한 국가의 헌터들과 붙어도 수적 열세를 이겨내고 승리할 수 있어 보였다.

이미 SS급 헌터의 능력을 뛰어넘은 사람도 몇 명이나 되었다.

사장과 추수는 물론이고 마교인들 중에서 처음부터 능력이 뛰어났던 3명의 수련생이 SS급의 벽을 넘어섰다.

그리고 SS급의 헌터는 되지 못했지만 엄청난 속도로 발전을 하고 있는 수련생도 한 명 있었다.

정기람.

그는 벌써 S급의 벽을 넘고 있었다.

그의 나이가 아직 20세인 걸 감안했을 때 그보다 빠른 성취를 경험해 본 사람은 아무도 없었다.

한국으로 돌아온 지 세 달이 지났다.

약속의 시간이 흘러간 것이다.

하지만 아직 물건을 받지 못했다.

몇 번이고 서신을 보냈지만 그때마다 조금만 기다려 달라는 말만 하는 미국 헌터 협회였다.

마정석 엔진을 탑재한 모토바이크를 만드는 것이 쉬운 일이 아니라는 것을 알기에 재촉을 하고 싶지는 않았지만 한 대도 오지 않은 것은 이해가 되지 않는 일이다.

다시 한 번 재촉 서신을 보내고 한 달을 기다렸다.

그리고 기다리던 연락이 헌터 협회로부터 왔고 수련생 전원을 데리고 서울에 있는 헌터 협회 본부로 달려갔다.

수련생들의 표정은 새로운 장난감을 가지게 된 아이의 표정과 다르지 않았다.

그것도 장난감의 가격이 마정석 3개가 넘는 고가의 물건이었기에 그들 모두 한껏 들떠 있었다.

"이게 뭡니까? 이게 마정석 엔진을 탑재한 모터바이크라고요?"

사장이 헌터 협회 본부 한편에 세워져 있는 모터바이크들을 보고 소리쳤다.

그의 목소리는 들뜬 아이의 목소리가 아니라 인터넷 쇼핑으로 산 옷이 찢어진 것을 발견한 고객의 목소리였다.

"이거 장난치는 것도 아니고."

수련생들과 다름없이 나도 한껏 들떠 있었다.

평생 연료를 충전할 걱정이 없는 모터바이크를 탄 부대를 볼 생각에 이미 가슴은 벅차올라 터지기 일보 직전이었다.

하지만 미국에서 보내온 모터바이크의 모습을 보는 순간

김이 한순간에 빠져 버렸다.

우리가 생각했던 바이크와 전혀 다른 바이크의 모습.

마정석 엔진은커녕 스쿠터라고 부르기도 애매한 소형 바이크들을 미국 헌터 협회에서 보내왔다.

"여기 미국에서 보내온 서신이라네. 읽어보게나."

괜히 여기 있다가 화를 당할 것 같아 협회장은 편지만 건네주고는 얼른 협회 건물 안으로 도망치듯이 들어가 버렸다.

"줘봐. 내가 읽어보게."

사장은 미국 헌터 협회에서 보내온 편지를 빼앗아 읽기 시작했다.

"약속보다 조금 늦게 물건을 보내게 된 점은 죄송하게 생각하고 있습니다. 계약서에 적힌 내용대로 바이크 500대를 보내 드립니다."

편지 안에는 기타 미사여구가 포함되어 있긴 했지만 전체적으로 나를 놀리는 내용처럼 들렸다.

"아니, 너는 계약을 어떻게 했기에 진짜 어린애 장난감 같은 물건들이 온 거야?"

사장의 말을 듣고는 주머니에 넣어 둔 계약서를 꺼내 들었다.

"분명 계약을 제대로 했습니다. 이런 쓰레기를 받는다는 내용은 어디에도 적혀 있지 않습니다."

"그 계약서 줘봐."

계약서를 빼앗아 든 사장은 한참이나 계약서를 정독했고 내 뒤통수를 후려쳤다.

"이 멍청한 교관님아. 계약을 이렇게 흐리멍덩하게 하는 사람이 어디 있어. 정확한 물건을 적지도 않고 대충 바이크 500대를 받겠다고 계약을 했으니 미국놈들이 허점을 비집고 들어와 이따위 물건을 보낸 거지."

"아 제가 무슨 실수를 했다고 그러세요."

"이것 봐라. 날짜와 수량은 정확히 적었지만 물건에 대한 명칭을 이렇게 적으면 어떡하냐. 정확하게 마정석 엔진을 탑재한 모터바이크라고 적어도 모자랄 판에 그냥 바이크 500대? 너 보증이나 들어주라. 너한테 보증받고 나도 한 밑천 떼먹고 섬나라로 도망이나 가서 살란다."

울화가 치밀어 올랐다. 나는 그들이 원하는 것을 다 들어주었다.

범인을 잡아주었을 뿐만 아니라 슈트가 무거워 옮기지도 못하는 그들을 위해 슈트까지 옮겨주었었다. 그런 나의 호의를 이렇게 엿 먹이다니.

"이거 어떻게 하죠? 항의를 해야 하는 거 아닙니까?"

"항의를 어떻게 할래? 제가 계약서에 제대로 명시는 안 했는데 제가 받고자 한 물건은 이게 아니니까 교환해 주세요. 이렇게 말할래? 퍽이나 잘 들어주겠다, 이 호구새끼야."

사장의 말이 격해져 있었다. 평소에는 이 정도까지 나를 몰아붙이지 않았지만 오늘만은 달랐다. 사장이 나를 몰아붙이지 않아도 충분히 열이 받는 상황에서 사장의 말을 들으면 들을수록 심장이 폭발할 것만 같았다.

"이대로는 진짜 안 되겠어요. 저 미국 잠시 다녀올게요."

"미국 가서 뭐하게? 엎고 올라고? 머리가 나쁘니 힘으로라도 뺏어 오려고 하는 거냐? 참 좋은 방법이다. 그래, 가서 바이크 공장에 불도 지르고 협회 건물을 조각조각 내고 돌아와라. 러시아와 전쟁도 끝났겠다, 미국과 한판 하는 것도 나쁘지 않지. 이러다가 살아남는 인간이 있을지는 모르지만 열 받으면 엎어야지. 그렇지?"

비꼬는 사장의 말에 머리 위에서 하얀 김이 솟구쳐 오르는 느낌을 받았다.

어떻게 이렇게 사람 속을 긁는 말은 잘하는 건지 모르겠다.

"그러면 어떻게 해야 되는 겁니까?"

"그걸 왜 나한테 물어보냐? 사고는 네가 쳤는데 내가 네 똥 닦아주는 사람이냐? 똥도 조금 싸야 치워주지 코끼리 똥만 한 걸 쌌는데 내가 어떻게 치워주겠냐."

사장과 대화를 해봤자 속에서 열불만 차오르기에 그와의 대화를 중단했다.

"아 몰라요. 저 그냥 사고 칠랍니다. 미국 다녀올 테니까 그런 줄 아세요."

생각은 나중에 하기로 하고 일단 미국으로 가야 했다.

사장의 말대로 미국 헌터 협회를 뒤집어놓을 수는 없었지만 그렇다고 해서 이렇게 당하고만 있을 수는 없었다.

　그리고 이대로 마을로 돌아간다면 사장이 몇 날 며칠을 이일로 나를 놀릴 것이라는 생각을 하니 마을로 돌아가고 싶은 마음이 들지 않았다.

　그랬기에 사장이 다른 무슨 말을 하기 전에 얼른 미국으로 텔레포트를 했다.

제10장
하늘을 나는 조나단

워싱턴에 있는 미국 헌터 협회 본부에서는 매일같이 회의
가 이루어졌다.

무슨 회의를 할 것이 그렇게 많은지는 몰라도 매일 다른 주
제로 회의를 하였고 요 몇 달 사이에는 한 가지 주제만을 가
지고 긴 회의를 이어갔다.

"아니, 그렇다고 도둑을 헌터 협회 소속으로 만들 수는 없
는 거 아닙니까."

협회장 옆에 앉은 걸로 보아 높은 자리에 앉아 있는 것 같
은 사내가 협회장의 의견에 동조하는 사람들을 보며 말했
다.

"이미 선례는 여러 번 있습니다. 과거의 일을 가지고 인재를 버리는 것은 아둔한 짓입니다."

조나단이 만든 슈트의 가치를 알고 있는 그들이다. 이미 조나단을 구슬려 슈트를 작동시켜 본 미국 헌터 협회였기에 슈트가 가지고 있는 능력과 힘이 자신들의 상상 범위를 뛰어넘는다는 것을 알게 되었고 그를 회유하기 위해 공을 들이고 있었다.

하지만 협회장의 의견에 모두 동의하는 것은 아니었다.

이미 미국 전역에 들끓는 몬스터 소탕이 거의 끝나가는 상황에서 군이 범죄자의 손을 빌려야 되는 필요성을 느끼지 못한 부협회장 파벌이 협회장을 압박했다.

"슈트 한 대를 만들기 위해서 얼마나 많은 양의 쇠붙이가 필요한지 아시고 계시지 않습니까. 슈트 한 대 만들 양의 쇠붙이로 다른 것을 만든다면 훨씬 가치 있는 물건들을 만들 수 있습니다. 슈트를 만드는 것은 사치일 뿐입니다."

국방에 엄청난 자본을 쏟아붓는 미국이다.

하지만 이전과는 상황이 달랐다.

국방력으로 얻을 수 있는 이득이 이전보다 작아진 것이다.

미국은 이전에는 국방력을 앞세워 다른 나라를 압박하고 유리한 고지를 선점해 일방적인 협의를 맺고는 했지만 지금은 몬스터 범람에 자국 관리를 하기도 힘든 상태라 무역 활동이 멈춰 있었다.

　당연히 국방력을 앞세워 할 수 있는 것들이 많이 줄어든 상태였기에 국방력에 이렇게 많은 자본을 쏟아부어야 하는지에 부정적인 의견을 내세우는 사람들이 늘어났다.

　"아니, 왜 그것이 사치라고 생각하는 겁니까? 다시 몬스터 범람이 일어나지 않는다고 생각하십니까? 미래를 생각하면 이는 투자입니다. 그것도 이미 결과물이 나와 있는 물건에 대한 투자입니다. 당연히 그를 회유해서 슈트를 생산하는 것뿐만 아니라 대량생산에 대한 실마리를 얻어야 합니다. 슈트를 대량생산할 수만 있다면 더는 몬스터 범람에 대해 걱정을 하지 않아도 되는 겁니다."

　협회장과 부협회장의 파벌 싸움이 끝이 나지 않고 쓸모없이 기력만을 소비하고 있었다.

　누구의 말이 옳고 그르다고 판단할 수 없는 싸움이었기에 더욱 기력이 소모되었다.

　조나단이 헌터 협회에 조금만 더 협력하는 자세를 보였다면 협회장의 말에 무게가 쏠렸을 것이기에 지금과 같은 회의가 이루어질 이유도 없었다.

　하지만 의욕을 잃은 조나단을 회유한다고 해서 그가 슈트를 계속해서 만들어낼 것 같지도 않았고 슈트 제작 비결을 알 방법도 없다고 생각되었기에 부협회장의 의견에 동의하는 사람들이 늘어가고 있는 추세였다.

아무런 소득도 없이 회의가 끝이 났다.

다들 각자의 의견을 밀어붙이기만 할 뿐 격차를 줄일 생각을 하지 않고 있었다.

"저런 쓰레기 같은 사람을 신성한 헌터 협회에 소속되게 할 수는 없는 거 아니겠나?"

부협회장은 평소 자신의 능력을 과신하는 경향이 강했다.

몬스터 범람 이전만 해도 쓰레기 같은 삶을 살고 있던 그였다.

삶을 포기하고 노숙자로서의 하루 먹을 음식조차 구하지 못하던 그에게 몬스터 범람은 새로운 기회를 주었다.

그의 재능은 남들보다 뛰어났고 처음 각성한 순간부터 S급 자연계 능력을 획득하였다.

남들에게 무시를 받으며 오랜 세월을 살아왔기에 능력이 있는 사람이 능력 없는 사람을 무시하고 배척하는 게 당연하다고 생각하는 그였다.

부협회장은 쇠를 이용하는 능력을 제외하고는 아무런 전투 능력이 없는 조나단을 받아들이는 것이 자신의 기준과 많이 다르다고 생각하고 있었다.

그를 받아들이는 순간 헌터 협회가 더럽혀진다고까지 생각하는 그였다.

능력 없이 머리로만 높은 자리에 오르는 사람들을 혐오하는 그에게 쇠를 다루는 능력을 가진 조나단은 헌터가 아닌 대장장이로밖에 생각되지 않는 것이다.

"이대로 가다가는 정말 대장장이를 헌터 협회로 들이는 일이 생길 것 같군."

헌터 협회에서 그를 따르는 사람이 많았다.

힘을 우상시하는 헌터가 그만큼 많다는 뜻이다.

머리나 학벌보다 오로지 자신의 힘으로 이 자리까지 올라온 헌터들이었기에 부협회장의 사상이 자신들의 입맛에 맞는 것이다.

"제가 처리하겠습니다."

부협회장을 가장 따르고 마치 광신도처럼 행동하는 사람이 부협회장의 가려운 곳을 긁어주었다.

그는 이미 부협회장의 지시에 따라 더러운 짓을 여러 번 해본 경험도 있었고 이번 일도 당연히 자신이 처리해야 한다고 생각하고 있었다.

"어떻게 할 생각인가?"

"조나단이라는 사람을 감금하고 있는 장소는 이미 파악이 끝났습니다. 그리고 다음 주에 디트로이트로 이송을 한다는 정보를 입수했습니다. 그때를 노려 그의 목숨을 가지고 오겠습니다."

워싱턴에서 그를 활용할 방안은 많지 않았다.

그의 능력을 활용하기 위해서는 공장이 밀집되었거나 용

광로가 있는 장소로 그를 이동시켜야 했기에 그를 잡아들인 디트로이트가 조나단의 새로운 보금자리로 결정되었다.

"자네만 믿겠네. 어찌 더러운 대장장이를 신성한 헌터 협회에 들인단 말인가."

부협회장의 말에서 기필코 조나단을 암살하고 말겠다는 의지를 읽은 사내는 부협회장에게 고개를 숙이고는 암살 준비를 위해 밖으로 나갔다.

*　　　*　　　*

기분이 더러운 상태에서 미국에 도착해서 그런지 하늘도 우중충하게 느껴졌다.

구름이 가득 낀 하늘이 나의 마음을 더욱 우중충하게 만들고 있다.

아니, 사장은 어떻게 그렇게 사람 속을 긁는 말을 잘하는 거지.

말 한 마디 한 마디가 비수였다. 그것도 정확히 심장만을 노리고 들어오는 비수.

언젠가는 사장의 그 능력을 배우고 말 테다.

굳이 힘을 사용하지 않고 입으로 사람을 죽이는 방법을 알고 있는 사장의 말재주는 충분히 배울 가치가 있는 능력이다.

일단 미국에 도착을 하긴 했지만 어떻게 해야 될지 결정하지는 않았기에 멍하니 하늘을 바라보며 생각을 정리하고 있었다.

사장만 아니었으면 생각을 정리하고 미국으로 넘어왔을 텐데.

괜히 사람을 급하게 움직이게 만들어.

일단 정보를 얻어야겠지.

사기를 당했다.

그런데 사기를 친 대상이 강하다.

내가 어떻게 하지 못할 정도는 아니지만 그렇다고 해서 쉽게 덤벼들 상대도 아니었다.

미국의 헌터 협회를 한국의 헌터 협회처럼 생각하고 달려들 수는 없다.

이미 세계 전역에 손을 뻗치고 있는 미국 헌터 협회였기에 세계 전쟁을 다시 일으킬 생각이 아니라면 그들을 건드리는 것이 좋은 방법은 아니었다.

"일단 임시 본부 안에 들어가면 무슨 정보를 얻을 수 있겠지."

조나단을 잡은 지 몇 달이 지난 지금 임시 본부가 계속 유지되고 있을지 의문이었지만 나는 일단은 임시 본부가 있는 곳으로 이동했다.

다행히 아직 임시 본부의 모습이 남아 있었다.

안에서 느껴지는 기운은 고작 20명 남짓.

그것도 강한 기운을 가진 헌터는 3명도 되지 않았다.

나머지 사람들은 C급 이하의 헌터들로 임시 본부 주변을 감시하는 목적으로 고용된 헌터들 같았다.

임시 본부 안으로 들어가는 것은 어렵지 않았다.

내가 펼친 은신 능력을 간파해 낼 능력을 가진 사람이 있다고는 생각되지 않는다.

오행의 기운까지 합쳐진 은신 능력은 나를 자연의 일부로 만든다고 해도 틀리지 않았다.

임시 본부 안으로 들어가 가장 기운이 강하게 풍기는 사람들이 모여 있는 곳으로 이동했다.

그곳에 도착해 정보를 수집할 생각이었다.

하지만 그곳에 도착해 그들이 하는 말을 듣는 순간 무언가가 잘못되었다는 것을 느낄 수 있었다.

젠장, 전부 영어로 말하잖아.

영어 공부를 미리 하지 않은 것을 몇 번 후회한 적은 있었지만 지금처럼 후회되기는 처음이었다.

언제나 통역사들이 옆에 붙어 있었기에 영어 공부에 대한 필요성을 느끼지 않았지만 지금 같은 상황이 닥치자 영어 공부를 하지 않은 것이 후회가 되었다.

샬라샬라 하고 있는 그들 가까이로 다가가 테이블 위에 있는 서류를 바라보았다.

영어를 알아듣지는 못해도 알파벳을 알고 있기에 서류를 읽을 수 있지 않을까라는 희망에서였다.

하지만 그것은 꿈만 같은 일이었다.

하얀 것은 종이요, 검은 것은 글자였다.

그래도 조금 더 자세히 보면 뭐라도 보이겠지.

종이가 뚫어져라 쳐다보았다.

그리고 거기서 익숙한 이름을 발견할 수 있었다.

조나단.

이동.

오늘.

조나단이 오늘 디트로이트로 이동해 온다는 것인가?

아마 맞을 것이다.

디트로이트는 그를 위한 도시라고 해도 틀린 말은 아니었다.

공장으로 둘러싸인 도시라면 그가 새로운 슈트를 만들기에 안성맞춤이었다.

조나단이 이곳으로 온다는 것은 미국 헌터 협회가 슈트를 군사적인 목적으로 사용할 결심을 했다고 생각해도 되는 거겠지?

슈트를 군사적인 목적으로 사용하려는 미국 헌터 협회에서 가장 중요하게 생각하는 것은 무엇일지를 생각해 보았고 답을 금방 찾을 수 있었다.

조나단을 납치하자.

그래서 미국 헌터 협회에 엿을 먹이자.

계약서를 제대로 확인하지 않고 서명한 분풀이로 미국 헌터 협회에 싸움을 거는 것은 미친놈으로 보일 게 분명했다.

하지만 이대로 당할 수는 없었고 굳이 필요도 없는 조나단을 납치해 한국으로 데려갈 생각을 하였다.

미국에서 한국으로 넘어가기 위해서는 엄청난 시간과 고생이 필요하지만 지금의 나에게 그런 것들은 중요하지 않았다.

오로지 미국 헌터 협회에 엿을 먹일 생각밖에 떠오르지 않았다.

그를 데리고 몇 날 며칠을 하늘을 날아 한국으로 돌아갈 생각을 하기만 해도 끔찍했지만 사기를 당하고 앓는 것보다는 훨씬 나았다.

임시 본부를 나와 주변을 둘러보자 조나단을 호송하기 위해 대기하고 있는 인원들을 발견할 수 있었다.

조나단 한 명을 호송하기 위해 20명의 헌터들이나 필요할 것 같지는 않았지만 디트로이트 헌터 협회는 이미 조나단에게 당한 경력이 있었기에 만반의 준비를 하고 그를 맞을 생각인 듯했다.

차에 시동이 걸린다.

출발 준비를 마치고 이동하려는 차의 지붕 위에 올라섰다.

그들은 나를 태우고 조나단을 호송하기 위해 이동했다.

어디까지 움직일 생각인지 차는 한 시간이 넘게 달리다가 드디어 속도를 줄이고 있었다.

쾅!

갑자기 폭발음이 들려왔고 차에 타고 있던 헌터들이 분주하게 차에서 내려 폭발음이 들린 곳으로 뛰어갔다.

나는 그들보다 먼저 폭발음이 들리는 곳으로 날아갔다.

조나단을 호송하는 차량으로 보이는 차에서 연기가 피어오르고 있었고 급히 불을 끄기 위해 헌터들이 소화기를 분사하고 있었다.

차 안에서 사람의 기적이 느껴지지 않는 걸로 보아 폭발로 인한 피해자는 없어 보였다.

단순한 사고인가? 나한테 사기를 칠 정도로 꼼꼼한 미국 헌터 협회가 단순히 차량 관리를 못해서 폭발 사고를 냈다? 믿기지 않는 일이다.

분명 무슨 배후가 있을 것이다.

가장 먼저 조나단의 모습을 확인해야 한다.

내가 여기까지 온 이유는 단 하나였다.

조나단 납치.

그 목표를 이루기 위해 조나단의 기운을 찾아 눈을 두리번

거렸다.

나랑 같은 목적을 가진 사람이 또 있었네.

조나단의 기운은 폭발이 난 차량에서 멀지 않은 곳에서 느껴졌고 그의 주위에 은신을 한 채 그에게 접근을 하고 있는 헌터의 기운이 느껴졌다.

최소 A급 이상의 은신 능력을 가진 헌터다.

차량 폭발 사고로 시선을 뺏긴 헌터들이 조나단에 대한 감시가 느슨해진 지금이 그가 움직일 최적의 시간일 것이다.

그가 움직인다.

조나단의 뒤로 다가가는 그의 손에는 새하얀 광채를 내는 단도가 들려 있었다.

나와 목적이 다른 사람이네.

나는 단순 납치를 하려는 거지만 저 사람은 조나단의 목숨을 노리고 있네.

아무리 조나단이 범죄자라고는 하지만 죽을 정도로 나쁜 짓을 하지는 않았고 조나단 납치를 하려는 나의 목적에 방해가 되는 행동을 하고 있는 암살자였다.

암살자의 손이 빠르게 움직이기 시작한다.

그의 손에 들린 단도가 빛이 되어 목표를 향해 날아든다.

쉬익.

사람을 찔렀을 때 내는 소리와 촉감이 느껴지지 않고 공기만을 갈랐다.

그는 급히 자신의 목표물을 확인하기 위해 눈알을 굴렸지만 목표를 찾지는 못할 것이다.

그의 목표물인 조나단이 내 손에 잡혀 하늘을 날고 있었기 때문이었다.

그를 데리고 그가 처음 슈트를 선보인 폐광산으로 이동했다.

"음음."

폐광산에 들어와 그를 내려놓았고 우리 사이에는 어색한 침묵만이 가득했다.

"내가 SAVE 조나단 LIFE."

2개 국어를 적절히 사용했기도 했고 몸짓까지 더해졌기에 조나단이 나의 말을 이해하고는 샬라샬라 대답을 했지만 고작 한마디 말만을 알아들었다.

땡큐.

이렇게 있다가는 어색함에 숨이 막혀 죽을지도 모른다는 생각이 들었고 그와 대화를 도와줄 사람을 찾아야 했다.

다니엘을 데리고 올까? 하지만 그는 미국 헌터 협회에 소속된 헌터다.

나를 도와준다는 확신이 들지 않았다.

"아 몰라. 그냥 데리고 한국 가버리자."

나는 여전히 의욕을 잃어 둔한 움직임을 보이고 있는 조나단을 끌어안고는 하늘을 날았다.

미국에서 한국으로 가는 비행기를 탄 적이 있었기에 어떤 방향으로 날아가면 한국이 나오는지 알고 있었다.

항공기보다 빠르지는 않았지만 그래도 차를 타고 이동하는 것보다는 훨씬 빠른 속도로 하늘을 날았다.

중간중간 땅으로 내려와 휴식과 식사를 한 것을 제외하고는 하루 종일 하늘을 날았다. 우리는 잠도 자지 않고 한국으로 향했다.

한국에 도착하지 않는 이상 그와의 대화는 불가능하다고 생각되었기 때문에 나는 필요 이상으로 빠르게 하늘을 날았고 며칠이 걸리지 않아 한국에 도착할 수 있었다.

*   *   *

한국에 도착한 나와 조나단의 상태는 좋지 않았다.

차가운 공기를 몇십 시간이나 맡으며 날아왔기에 당연한 일이었다. 그에게서 무기력감이 사라졌다. 마을에 도착해 땅을 밟는 순간 그는 땅의 소중함을 다시금 느끼고 있는 중이었다.

그런 그를 데리고는 두 분의 교수님이 있는 곳으로 이동했다.

조나단과 대화를 하기 위해서는 마을에서 가장 학력이 높은 두 분의 도움이 필요했다.

똑똑똑.

"교수님, 잠시만 나와보세요."

아직 이른 시간이었기에 집은 조용했고 내가 그들의 잠을 깨웠다.

"용택 군? 무슨 일인가?"

신 교수가 문을 열었다. 그는 나와 조나단을 보는 순간 무슨 상황인지 파악이 되지 않는지, 아니면 잠에서 덜 깨서 그런지 멍하니 나와 조나단을 쳐다보았다.

"이 사람은 누구인가?"

마을에 외국인이 없지는 않다. 마교인들만 하더라도 전부 중국인들이었다.

하지만 아시아인이 아닌 사람이 마을에 있지는 않았기에 신 교수는 놀라며 물었다.

"잠시 사정이 있어서 데리고 왔습니다. 그런데 영어 하실 줄 아세요?"

"내가 대학을 미국에서 나왔다네. 영어는 문제가 없네만."

"다행이네요. 그럼 이 사람하고 대화를 하는 것 좀 도와주세요."

신 교수는 문 앞에 서 있는 우리를 데리고 집안 테이블로 왔고 간단한 음료를 꺼내어 테이블위로 올렸다.

"줄 게 이것밖에 없구나."

음료라고 해봐야 야채를 갈아 만든 건강 음료였지만 제대로 된 음식을 먹지 못한 우리에게는 더할 나위 없이 맛있는 음료였고, 허겁지겁 음료들 목구멍 안으로 들이부었다.

"그래, 무슨 얘기를 나누려고 이 사람을 데리고 온 건가?"

사실 그와 나눌 대화가 있지는 않았다. 단순히 미국 헌터 협회에 엿을 먹이려고 그를 납치해 온 것이지 그를 이용해 무언가를 할 생각은 전혀 없었다.

"일단 안심하라고 말 좀 해주세요. 암살자가 찾아오는 일은 더는 없을 거라고도 말해주시고요."

신 교수는 조나단에게 말을 걸기 시작했고 몇 마디 대화를 나누고는 나에게 물었다.

"그런데 미국 헌터 협회에서 자기를 이용해 슈트를 만들 계획이라고 하는데 만약 네가 자신에게 슈트를 만들게 시킬 계획이라면 접는 게 좋을 거라고 말하는구나."

내가 자신을 납치해 온 이유가 슈트 때문이라고 생각하는 조나단이었다.

나에게 처참히 부서진 슈트였지만 미국 헌터 협회에 감금되어 있는 동안 자신이 만든 슈트의 가치가 생각보다 높다는 걸 느꼈을 그였기에 이런 생각을 하는 것이 당연했다.

"그런데 전에 자네가 나에게 말한 로봇 같은 슈트를 만든 사람이 이 사람인가?"

"그렇습니다, 교수님. 아이언맨의 슈트보다 더 파괴력을 지닌 슈트를 조나단이 만들었습니다. 제가 그에게 슈트를 만들게 할 생각은 없다고 좀 전해주세요. 그냥 단순히 암살자를 피해 한국으로 왔다고만 말해주세요."

"알겠네."

신 교수는 다시 영어로 조나단과 대화를 하기 시작했고 내가 전해달라는 말은 길지 않았음에도 불구하고 한참이나 신나게 그와 대화를 나누었다.

그들은 꿍짝이 맞는지 손까지 화려하게 움직이며 대화를 나누었고 그것도 부족했는지 종이와 펜을 가지고 나와 나는 생전 보지 못한 기호들을 적어가면서 대화에 열을 올리고 있었다.

뭐지? 왜 내가 소외받는 느낌을 받는 거지?

외계어를 하고 있는 그들을 보고 있자니 솔솔 잠이 오기 시작했다.

마치 중학교 영어 시간에 잠이 오는 것처럼 눈꺼풀이 무거워졌고 테이블이 안락한 침대처럼 느껴졌다. 나는 결국 눈을 감고 졸기 시작했다.

"일어나게나."

얼마나 졸았던 거지? 문틈 사이로 새어 나오는 빛의 양을 봤을 때 해가 중천에 떠 있는 것 같았다. 이른 새벽에 도착해서 지금까지 대화를 나눈 건가?

"몇 시나 되었습니까?"

"벌써 12시가 넘었다네. 점심시간이 되어서 자네를 깨운 것일세. 젊은 사람이 그렇게 잠이 많아서 어쩌려고 그러는가."

나는 신 교수의 타박을 받으며 자리에서 일어났고 조나단도 가볍게 기지개를 펴며 자리에서 일어났다. 그의 얼굴은 이전보다 한층 밝아진 상태였다.

나보다 그가 더 피곤한 게 당연했다. 쇠의 기운을 가지고 있다고는 해도 일반 헌터보다 신체 능력이 떨어지는 조나단이다. 하지만 지금 그는 만족스러운 표정을 짓고 있었고 전혀 피곤해 보이지 않아 보였다.

"조나단하고 무슨 얘기를 그렇게 나누신 거예요?"

"공학적인 얘기를 나누었다네. 슈트를 만들기 위해 사용한 방법들에 대해서 토론했지. 오랜만에 전공에 대한 얘기를 나눌 수 있어서 보람찬 시간이었다네."

조나단과 신 교수는 마치 십년지기 친구가 된 것처럼 행동하고 있었다.

간단히 점심 식사를 마치고 신 교수는 조나단이 쉴 수 있는 방을 청소해 주었을 뿐 아니라 기본 생필품을 구해 그에게 전해주었다.

"어떡할 생각인 건가? 조나단과 대화를 나누어보니 미국으로 돌아갈 상황은 아닌 것 같은데. 마을에서 살게 할 생각인가?"

"저도 잘 모르겠습니다. 무턱대고 데리고 온 거라서요. 어쩌죠?"

"어쩌기는, 불쌍한 사람 같은데 마을에서 데리고 있어야지."

신 교수는 외부인이 마을로 들어오는 것을 극도로 싫어하는 사람 중 하나였지만 이번만큼은 달랐다.

"일단 저도 조나단하고 얘기 좀 나누어보고 결정하겠습니다."

조나단이 그렇게 나쁜 심성을 가지고 있지 않다는 것을 알고는 있었지만 범죄 경력이 있는 그를 마을의 일원으로 받아들이는 것은 보다 신중히 결정할 문제였다.

"슈트를 만든 목적이 뭔가요?"

일대일 심층 면접이 시작되었다. 조나단도 신 교수와의 대화를 하며 마을에서 정착을 하고 싶은 생각이 들었던 건지 내질문에 꽤나 정성스레 대답을 해주었다.

"슈트를 만든 목적은 단순하다. 단지 몸을 편하게 움직이고 싶어 하는 나의 욕망의 실현을 위해 만들었을 뿐이다. 몬스터를 사냥하고 이름을 날리는 헌터들이 부러웠던 것도 있지만."

"정확한 능력은 무엇인가요?"

그가 쇠를 흡수하고 원하는 물건을 만드는 능력과 은신을 하는 능력이 있다는 것을 알고는 있었지만 정확히 파악하고 싶었다.

"알고 있겠지만 나는 쇠를 흡수하면 힘을 더욱 강하게 키울 수 있다네. 쇠를 흡수하고 내가 원하는 성질과 형태를 띠게 할 수 있는 거지. 이것들은 전부 공학적인 지식들을 기반으로 만들어낸 것이네. 그리고 쇠붙이에 몸을 숨길 수 있다네. 그 능력으로 사람들에게 걸리지 않고 쇠를 훔칠 수 있었다네."

"쇠에 몸을 숨길 수 있다는 말인가요?"

"그렇다네. 쇠의 일부가 되는 거지. 보여주겠네."

조나단은 테이블위에 있는 쇠숟가락을 집어 들었다.

팅.

숟가락이 그의 손가락에서 떨어져 테이블 위를 굴렀고 그의 모습은 사라졌다.

그의 기운이 사라진 것은 아니었다. 숟가락에서 그의 기운이 감지되었다.

"이제 나오세요."

숟가락에서 쇳물이 흘러나오기 시작하고 점점 사람의 형상으로 변했다.

"이게 내 은신술의 비결이라네."

"처음 보는 능력이네요. 사물 안으로 들어가는 능력이라니."

"대단할 것 없는 능력이라네."

그와의 면접은 한참이나 계속되었고 결론을 내었다.

그는 마을에서 살아도 다른 마을 사람들에게 피해를 줄 사람은 아니었고 오히려 도움이 될 사람이었다.

그는 사람의 정에 굶주려 있었고 자신과 마음이 맞는 신 교수와 대화를 더 나누고 싶어 했으며 신 교수도 그와 다르지 않은 마음을 가지고 있었다.

사실 지금까지 조나단의 말을 통역해 준 것은 신 교수였고 그는 조나단의 말에 살을 붙여 나에게 말했을 것이다.

조나단이 했다고 생각하기에는 너무 부드러운 말들이었기 때문이다.

"일단 임시로 마을에 거주하도록 하겠습니다."

"그러면 우리 집에서 같이 사는 것으로 하겠네."

신 교수와 같이 살게 된 조나단은 아무런 사고도 치지 않고 마을에 잘 적응하고 있었다.

특히 고장 나거나 부서진 물건들을 수리하는 데 일가견이 있는 그였기에 마을 사람들은 그의 존재를 반겼다.

농기구가 고장 나거나 이가 나가면 딱히 고칠 사람이 없었기에 임시방편으로 수리를 해서 사용하는 마을 사람들은 전문가를 필요로 하고 있었다.

신 교수의 집 앞에는 부서진 농기구가 매일같이 쌓여 있었고 조나단이 그것들을 수리했다.

마을 지정 대장장이가 생긴 것이다. 일반 대장장이와 달리 불도 필요로 하지 않는 그였기에 딱히 지원을 해줄 것도 없었다.

그렇게 그를 지켜보며 시간을 보내고 있을 때 미국에서 편지 한 장이 날아왔다.

한국 헌터 협회로 보낸 편지였지만 나에게 대신 말을 전해달라는 내용이었다.

조나단이 사라졌고 찾기 위해 지원을 해달라는 편지.

결국 내가 다시 도와주면 좋겠다는 말이다.

"이거 어떻게 할 거야?"

이미 사정을 다 알고 있는 사장이 편지를 읽고는 나를 빤히 쳐다본다.

"제가 조나단을 데리고 있다고 말할 수는 없잖아요. 그냥 무시해야죠."

"그러게 괜히 긁어 부스럼을 만들고 그러냐. 하여튼 생각이 짧아."

이 모든 일이 사장이 내 속을 긁어대어서 생긴 일이다.

나는 입을 벌려 그를 한번 쳐다보고는 고개를 돌렸다.

괜히 사장과 얘기를 해봐야 나만 손해였다.

"그리고 우리한테 사기나 치는 미국 애들을 도와줄 이유가 없잖아요. 애들도 나한테 직접 말하지 못하고 헌터 협회를 통해 전한 것 보니 지들이 잘못했다는 것을 알고 있는 거잖아요. 당당했으면 이러지 않았을 거예요."

"사기를 쳐 놓고 도움을 요청하기는 좀 그랬겠지. 그래, 그냥 무시하는 게 제일 좋은 방법이겠다."

미국 헌터 협회는 속이 타들어가고 있을 것이다.

조나단을 이용해 슈트를 만들지 말지를 정확하게 결정을 내리지 않았다고는 해도 그가 만든 슈트가 군사적으로 도움이 된다는 사실은 당연했다.

자신들이 만들지 않는다고 해서 외부에 유출시킬 정도의 물건이 아니었기에 애가 탔고 나에게까지 편지를 보낸 것이다.

머리를 굴려 사기를 치는 놈들은 당해봐야 한다. 절대 미국놈들이 원하는 대로 해줄 이유가 없었다.

편지를 구겨 쓰레기통에 집어넣고는 신 교수의 집으로 향했다.

요즘 무언가를 만든다고 열중하는 신 교수와 조나단이었고 오늘쯤에 결과물이 나온다고 했었다.

"만든다고 하는 것은 다 만드셨어요?"

"잠시만 기다려 보게나. 이제 거의 끝나가네."

신 교수의 집 뒤편에 있는 공터를 가득 채우는 쇳덩어리들이 가지런히 정리되어 있었다.

딱히 어떤 물건을 만드는지는 모르겠지만 엄청난 크기를 가지고 있는 물건인 것은 분명했다. 집중하고 있는 그들에게 말을 걸 수는 없었고 공터 근처에 있는 바위에 걸터앉아 결과물이 완성되기만을 기다렸다.

하나씩 조립이 되어가고 있는 물건은 전에 보았던 슈트와 비슷한 형태로 변하고 있었다.

다시 슈트를 만드는 것인가? 저 정도 슈트를 만들 쇠가 있었던가?

마을에 있는 쇠라고 해봐야 농기구와 기타 생필품에 들어가는 쇠가 전부였다.

몇백 톤은 가뿐히 넘어 보이는 슈트를 만들 정도의 쇠가 마을에 있지는 않았다.

"이제 완성이네. 여기로 와서 한번 보게나."

신 교수가 방방 뛰며 나를 불렀고 슈트 앞으로 걸어갔다.

"이거 전에 만들었던 슈트와 다른 건가요?"

"다르다네. 일전에 만들었던 슈트는 시제품이라고 생각하면 되는 거지. 이것이 제대로 된 완성품이라고 볼 수 있지."

신 교수와 힘을 합쳐 만든 슈트는 확실히 저번 슈트보다 강해 보이기는 했지만 약점은 그대로였다.

"여기 가슴 부근의 결합이 약한 것은 어떻게 할 건데요? 저번에도 여기 결합 부위가 약해서 쉽게 상대할 수 있었는데."

조나단과 신 교수는 나의 질문에 입을 열지 않았다.

그들도 이 슈트의 약점을 알고 있는 것이었다.

물론 이 정도 약점을 안고 가더라도 충분히 강한 능력을 가지고 있는 슈트였다.

　결합부가 약하다고 해서 그것을 파괴할 수 있는 힘을 가진 몬스터가 많지는 않았다.

　일반 몬스터를 상대로는 충분히 강한 위력을 낼 수 있는 슈트긴 했다.

　슈트가 완성되었지만 신 교수와 존나단의 고민은 며칠이나 계속되었고 해답은 의외의 곳에서 나왔다.

　"이 곡괭이를 어디서 구했는가?"

　그가 내민 곡괭이는 드워프가 만들어준 농기구의 일부였다.

　"그거 몬스터 월드에 살고 있는 드워프가 만든 곡괭이인데 왜요?"

　조나단은 곡괭이의 날을 어루만지고는 입을 열었고 신 교수는 급히 통역을 해주었다.

　"이 곡괭이의 접합 방식을 이용하면 슈트의 약점을 비약적으로 보완할 수가 있네. 혹시 드워프가 살고 있는 곳으로 나를 데리고 가줄 수 있겠나?"

　매일같이 부서진 농기구를 수리했던 조나단이었지만 드워프제 농기구를 보는 것은 오늘이 처음이었던 것 같다.

　드워프가 만든 농기구는 내구성이 남달랐고 고장 날 일이 거의 없었다.

그랬기에 오늘에서야 드워프가 만든 농기구를 보게 된 조나단이었고 자신은 상상도 못 할 방식으로 만들어진 농기구의 비밀을 알고 싶어 했다.

드워프 마을로 가는 몬스터 도어는 이미 부순 상태였다. 나 혼자면 언제든지 갈 수 있는 드워프 마을이었지만 그를 데리고 가는 방법은 없었다.

텔레포트 목걸이는 1인용이다.

그에게 그런 내용을 설명해 주었고 그는 바로 해답을 내주었다.

그가 내 목걸이 안으로 스며들어 가면 텔레포트가 가능할지도 모른다는 말을 하였고 그 방법은 효과가 있었다.

나는 그를 드워프 마을로 데리고 텔레포트할 수 있었다.

『순혈의 헌터』 6권에 계속…

초대형 24시 만화방

신간 100%, 샤워실, 흡연실, 수면실(침대석), 커플석, 세탁기 완비

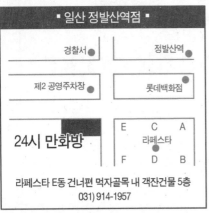

▪ 일산 정발산역점 ▪

라페스타 E동 건너편 먹자골목 내 객잔건물 5층
031) 914-1957

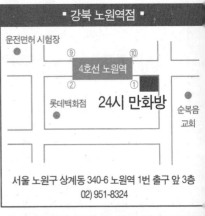

▪ 강북 노원역점 ▪

서울 노원구 상계동 340-6 노원역 1번 출구 앞 3층
02) 951-8324

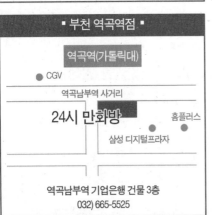

▪ 부천 역곡역점 ▪

역곡남부역 기업은행 건물 3층
032) 665-5525

▪ 부평역점 ▪

(구) 진선미 예식장 뒤 보스나이트 건물 10층
032) 522-2871

PERFECT GAME
퍼펙트 게임

박선우 장편 소설
FUSION FANTASTIC STORY

고통과 좌절의 시간들을 뛰어넘어
불사조처럼 일어나 세계를 제패한 사나이의 일대기.

대한민국을 넘어 메이저리그를 평정하며
명예의 전당에 헌정된 언터처블 투수, 이강찬.

강철 같은 어깨에서 뿜어져 나오는 그의 패스트볼은
무적이었으며 야구계에 길이 남을 **신화**였다.

야구만을 사랑했던 고독한 사나이.
그의 *퍼펙트게임*이 이제 시작된다!

Book Publishing CHUNGEORAM

며운 장편 소설

FUSION FANTASTIC STORY

진공 삼국지

2세기 말 중국 대륙.
역사상 가장 치열했던 쟁패(爭覇)의
시기가 열린다!

중국 고대문학을 공부하던 전도형,
술 마시고 일어나니 도겸의 둘째 아들이 되었다?

조조는 아비의 원수를 갚으러 쳐들어오고
유비는 서주를 빼앗으려 기회만 노리는데……

"역시 옛사람들은 순수하다니까.
　유비가 어설픈 연기로도 성공한 데는 다 이유가 있지, 암."

**때로는 군자처럼, 때로는 효웅처럼!
도형이 보여주는 난세를 살아가는 법!**

Book Publishing CHUNGEORAM

유행이 아닌 자유추구 -
WWW.chungeoram.com

FUSION FANTASTIC STORY

비츄 장편소설

올 스탯 슬레이어

강해지고 싶은 자, 스탯을 올려라!

『올 스탯 슬레이어』

갑작스런 몬스터의 출현으로 급변한 세계.
그리고 등장한 슬레이어.

[유현석 님은 슬레이어로 선택되었습니다.]

"미친… 내가 아직도 꿈을 꾸나?"

권태로움에 빠져 있던 그가…

"뭐냐 너?"
"글쎄, 나도 예상은 못했는데, 한 방에 죽네."

슬레이어로 각성하다!

Book Publishing CHUNGEORAM

유행이 아닌 자유추구 -
WWW.chungeoram.com